YR HELYGEN GAM

gan

JOHN ROBERTS

bwthyn
GWASG Y BWTHYN

ISBN 978-1-904845-49-2

Dymuna'r cyhoeddwyr
gydnabod cymorth
Adrannau Cyngor Llyfrau Cymru.

Cyhoeddwyd ac argraffwyd gan
Wasg y Bwthyn, Caernarfon

CYNNWYS

Cyflwynedig i
goffadwriaeth fy rhagflaenwyr

*   *   *

"Mae mwy i fywyd na gorthrymderau."

H.R.

RHAGAIR

Lluniwyd y storïau hyn dros nifer o flynyddoedd o ymddeoliad, gyda'r unig amcan o "ddifyrru'r amser," chwedl Syr Ifor Williams. Ni fwriadwyd iddynt gael eu cyhoeddi mewn casgliad, ond dyna sydd wedi digwydd!

Ac am hynny, rhaid imi ddiolch i rai cyfeillion caredig am eu cymorth, a phleser mawr yw cael gwneud hynny. Diolch i'r Athro Gwyn Thomas am ei anogaeth a'i gyngor; gwerthfawrogaf hynny'n fawr iawn.

Rhaid diolch o galon i ddwy arbennig. Diolch i Marina Parry am ymlafnio dro ar ôl tro i deipio ac aildeipio fy nrafftiau aml-eu-newidiadau, ac i Wenna Williams am waith golygu hynod ofalus a thrwyadl. Mae fy nyled iddynt yn fawr.

Carwn ddiolch hefyd i Wasg y Bwthyn am fentro cyhoeddi, ac i'w swyddogion am gyngor a chymorth, heb anghofio Cyngor Llyfrau Cymru am noddi'r fenter.

Ar ddiolch yr wyf yn byw!

YR HELYGEN GAM

I

"Smôc?" Cynigiodd Pyrs sigarét i Guto'r gwas bach.

"Dim diolch ... Fydda i ddim yn smocio." Saib cyn ychwanegu, "Cha i ddim gin Mam."

"Twt lol, dydi dy fam ddim yma i weld. Rhaid iti ddechra rywbryd."

"Na fydd, yn tad, os bydd o'n gall." Now yr hwsmon oedd biau Llais Cydwybod, ac yntau wedi ysmygu'i sigarét olaf ers yn agos i flwyddyn. "Paid titha â thrio temtio'r hogyn."

Braidd yn hunangyfiawn, meddyliodd Pyrs.

"Duw, Duw, mae smôc yn rhoi boddhad i ddyn, yn enwedig os bydd o wedi ymlâdd ar ôl bod yn y cae ŷd trwy'r dydd. Wyddost ti ddim be ti'n 'i golli, Guto."

Eisteddai'r tri, gyda Mos a Robin, yn y gadlas yn disgwyl galwad o'r tŷ i fynd i gael tamaid o swper. Roedd Pyrs yn iawn; fe fu'n ddiwrnod hir, a'r hogiau wedi bod yn gweithio'n ddiwyd ers dyddiau, yn torri, stycio ac o'r diwedd, cario, er mwyn cael gorffen rhag ofn i'r tywydd dorri.

Tynnodd Pyrs yn fodlon ar ei sigarét. "Mam yn hir iawn yn galw. Sgwn i be gawn ni heno. Ond o ran hynny," ychwanegodd gan edrych i'r awyr, "mi ddeudodd wrtha i. Sgwarnog wedi'i rhostio i ni'n pedwar," a rhoi winc ar Mos, "a phosal llaeth i Guto."

Edrychodd y gwas bach yn sobor ar Pyrs a'i geg yn agored. "Ydi o'n deud y gwir, Mos?"

"Paid â gwrando ar y ffŵl hurt," atebodd yntau, "mae'i fam o'n gwybod yn well. Mae hi'n gallach peth na fo, hefyd. Gyda llaw, Now, ydi'r tywydd am ddal? Chdi ydi'r proffwyd tywydd gora y gwn i amdano fo."

Poerodd Now yn ddeheuig gan daro chwilen oedd yn closio at ei droed dde. "Mi greda i y deil hi am dridiau neu bedwar. Sut bynnag y bydd hi wedyn. Mi wyddost yr hen ddywediad, os bydd lleuad newydd yn digwydd yr un pryd â phen llanw, dyna ddarogan tywydd mawr. Felly'n union y bydd hi ddydd Sadwrn nesa, yn ôl Almanac Robat Robaits Caergybi."

"Dydi hwnnw ddim yn iawn bob amsar, chwaith," oedd sylw Pyrs, "ond mi gymra i dy air di y bydd hi'n braf fory. Mi fydd yn gyfle i chi'ch tri fynd i gribinio'n lân, ac os cawn ni jygyn bach o ŷd, gora'n y byd. Wyddech chi ddim mod i'n fardd, na wyddech?" Edrychodd i gyfeiriad y tŷ wrth glywed Esther y forwyn yn galw. "Mae arna i isio i Guto ddod efo fi i olwg y bustych yn y ffridd ucha. Ar ôl te deg fory, Guto."

"Clywch y meistr ifanc yn rhoi ei ordors," gwawdiodd Esther. "Bwyd yn barod. Dowch i'r tŷ. Rŵan," ychwanegodd, yn ddianghenraid braidd.

"Ydi Evan Roberts Sowth yn dysgu'i ddisgyblion i fod mor felltigedig o ddeddfol? Rydan ni mor barod am fwyd ag wyt tithau i ledu dy goesa i'r cynta ddaw, yn ôl pob . . ." Ond cyn iddo orffen y frawddeg, cafodd Pyrs beltan ar draws ei wyneb nes bod ei glust yn canu. Taflodd gilolwg sydyn at yr hogiau, ac roedd yn amlwg, hyd yn oed i Guto, bod gwaed drwg rhwng y ddau yma. "Hy!" chwarddodd Pyrs, "y gwir sy'n lladd," gan ofalu dweud yn ddigon uchel i'r ferch a gerddai tua'r tŷ allu clywed. Ond roedd ei falchder wedi'i glwyfo.

Daliodd i gwyno wrth gerdded tua'r drws cefn. "Does gin i ddim mynadd efo pobol y diwygiad 'ma. Mae crefydd yn iawn yn ei le, ond mynd dros ben llestri ydi gweiddi Haleliwia drwy'r dydd fel Lias y Dolydd. A hon hefyd, o ran hynny."

Torrodd Now ar ei draws. "Pobol wedi'u hargyhoeddi ydyn nhw, Pyrs. Dwyt ti a finna ddim yn dallt petha felly," meddai gan geisio achub cam pobl y Diwygiad, a'i wraig ei hun yn un ohonynt. "A chofia mai cochan ydi hi, a rhai gwyllt ydi'r rheiny."

"Ara deg, Now," meddai Robin, yn cymryd arno ei fod yn teimlo. "Gwallt coch sy gan nacw, a dydw i ddim wedi gweld fawr o ddim o'i le arni hi . . . hyd yn hyn."

Chwarddodd y lleill, ond doedd Pyrs ddim am roi i mewn. Gwyddai fod Guto yn barod i ochri efo fo pob gafael. Trodd ato. "Be wyt ti'n ddeud, Guto?"

Tawedog oedd y gwas bach, heb ddweud dim. "Wel, ydw i'n iawn? Ydyn nhw'n mynd dros ben llestri?"

Roedd llais y bachgen braidd yn gryg pan atebodd. "Mi gafodd Mam ei hachub yr un noson ag Esther."

Eisteddai Dafydd Morgan ar y setl yn ymyl y tân pan aeth y bechgyn at y bwrdd hir dan y ffenest. Oedodd Now wrth fynd heibio iddo. "Sut ydach chi erbyn hyn, Dafydd Morgan? Roedd yn dda'ch gweld chi yn y gadlas pnawn 'ma."

"Roedd yn dda gin i fod yno, Now, er mod i wedi blino braidd erbyn hyn; mae'r hen bwl dwytha 'ma wedi deud arna i. Ond mi wnaeth tipyn o wynt les i mi, dwi'n credu . . . Wyt ti am fynd i weld y bustych cyn iddi nosi, Pyrs?"

"Ddim tan fory, Nhad. Mi fydd yn twyllu gyda hyn a waeth heb na mynd yr holl ffordd yn y tywyllwch. Mae cloffni'r llo glas yn well, medda Now."

"Ydi, Dafydd Morgan. Mi gwelis i o ddoe."

"Mae'n dda gin i glywad. Dos â dipyn o *Cattle Oil* Morris Evans efo chdi, Pyrs. Mae gin i ffydd mawr yn'o fo." Aeth yn ei flaen i sôn fel y bu'n trin Loffti'r gaseg ddu efo'r olew gwyrthiol, a hithau wedyn fel eboles ymhen tair wythnos, stori yr oedd rhai wedi'i chlywed fwy nag unwaith.

Trannoeth, wedi gorffen y mân bethau oedd angen eu gwneud o gwmpas y lle, a chael panad de deg, dywedodd Pyrs wrth Guto am fynd i nôl y cŵn. "A chofia am oel Morris Evans – mae o ar y ffenast bella yn y beudy mawr. A ty'd â chadachau efo chdi."

Aeth y ddau i lawr y llethr i gyfeiriad llwybr yr afon, a Guto'n hercian y gorau fedrai; doedd ei goes ddim cystal heddiw. Wedi cyrraedd yr afon, sylwodd Guto mor llyfn a braf y llifai o dan y bont, a throelli'r mymryn lleiaf wrth fôn yr helygen. Dilynodd y ddau y llwybr am beth ffordd, ac er i Guto wneud sylw neu ddau o dro i dro, di-ddweud iawn oedd Pyrs, yn cerdded fel pe bai rhyw gythraul yn ei yrru. Efallai bod! Yn ei ddychymyg, teimlai ei foch yn llosgi unwaith eto a rhoddodd ei law arni'n reddfol. Y bits fach! A gwneud beth wnaeth hi o flaen y gweision, hefyd. Dyna oedd yr halen. Roedd wedi rhoi ei gas arni hi, roedd hynny'n sicr. Weithiau, teimlai mai treth oedd iddo siarad yn sifil efo hi, hyd yn oed. Ac eto, eto i gyd, fe wyddai yn ei galon nad oedd raid iddi wneud dim mwy nag estyn ei breichiau tuag ato, na byddai Adar Rhiannon yn canu am byth. Am bwy arall yr oedd ei freuddwydion nos?

Cofiodd yn sydyn am Guto. "Duwcs, Guto, sut mae dy goes di? Doeddwn i ddim yn cofio dy fod yn debyg i'r llo glas, dipyn yn gloff. Fasa'n well imi iro dy goes di efo'r oel yma, tybed?"

"Na, dwi'n iawn. Chi sy'n cerddad yn gyflym. Ydi'r oel yn mendio esgyrn pobol hefyd?"

"Na, mae arna i ofn nad ydi o ddim yn gneud hynny. Gwranda, wedi inni gyrraedd, mi gei di roi'r oel yma i'r llo – mae gin ti well dwylo na fi at beth felly. Mi ddalia inna'i ben o." Gan ychwanegu iddo'i hun yn fwy nag i'r gwas, "A mi fasa'n haws gneud hynny yn y beudy nag ar y ffridd."

12

Wedi codi dros y Greigwen, gwelodd y ddau y bustych draw ar y ffridd, un yma ac acw, a gyrrodd Pyrs y cŵn – Jâms i'r dde a Fflos i'r chwith – i'w hel at ei gilydd i gysgod yr hen gorlan. Oedd, roedd y llo glas i'w weld yn well, a dim ond y mymryn lleiaf o henc yn ei goes ôl. Roedd yn wyrth na fuasai wedi torri'i goes wrth faglu i'r ffos. I wneud yn siŵr, gyrrodd Jâms, y ci mawr, ar ei ôl er mwyn iddo gael ei weld yn rhedeg, a chafodd ei fodloni fod pethau'n gwella yn wir. Ond cystal rhoi'r olew iddo, fel y dywedodd ei dad.

"Mi ddaliwn ni o rŵan, Guto." Haws dweud na gwneud, mewn lle mor agored, ond llwyddwyd o'r diwedd. "Mi afaela i yn ei ben o, a rhwbia ditha'r oel yn dda mewn i'w glun efo cadach." Gwnaeth y gwas yn ôl y gorchymyn nes ei fod yn chwys diferol wrth ymlafnio yn erbyn y llo. O'r diwedd, dyma Pyrs yn dweud, "Dyna ddigon, mae'n siŵr. Sycha'r blew efo cadach glân, rhag iddo lyfu."

Roedd gwell hwyliau ar Pyrs wrth fynd i lawr yn ôl, ac erbyn cyrraedd y bont dros yr afon, a'r helygen yr ochr isaf iddi, roedd yn ddigon siaradus. "Mi steddwn ni'n y fan yma am funud i gael hoe, be ti'n ddeud?"

Roedd Guto'n ddigon parod i eistedd a chafodd garreg hwylus i roi ei glun i lawr arni. Ymhen ychydig, meddai, "Ydi hi'n wir mai'r Rhufeiniaid gododd y bont? Dyna ddeudodd Robin."

"Rhufeiniaid, wir! Nhaid cododd hi i arbed mynd i fyny at y rhyd i groesi'r afon; roedd o braidd yn selog yn y Ring; wn i ddim be fasa . . . be fasa rhai yn fancw'n ddeud am hynny! Na, dydi'r bont ddim mor ofnadwy o hen; roedd y goeden yma yn ei llawn dwf ymhell cyn ei chodi hi, medda nhw. Ymhell o'i blaen hi." Tynnodd sigarét o'i boced ac edrych i fyny i'r brigau. "Mi glywais Nhad yn deud sut y cafodd ei daid o – ei daid, cofia – godwm wrth ei dringo unwaith pan oedd hwnnw'n hogyn bach."

Synnodd Guto bod dim byd mor hen â'r helygen yn dal mewn bod.

Edrychodd Pyrs yn fanylach ar y goeden; edrychodd yn hir arni a sylwi am y tro cyntaf ei bod hi'n dangos arwyddion sicr o henaint. Doedd o ddim wedi dychmygu, ers talwm, y buasai peth felly'n digwydd iddi.

"Weli di'r gangan yna sy'n pwyso dros yr afon, Guto? Mi fyddai Huw, fy mrawd, a finna'n dringo ar ei hyd hi, bron i'r pen draw. Faswn i ddim yn mentro hynny heddiw; paid titha â thrio, chwaith. Dydi hi ddim yn ddiogel iawn yn ôl ei golwg . . . Dyna iti braf ar ddiwrnod poeth yn yr ha', neidio oddi arni i'r pwll yna odani – weli di o? Mae o'n bur ddyfn hefyd. Wedyn mi fydden ni'n nofio i fyny yn erbyn y lli i weld pwy fedrai gyrraedd yr ynys bach acw gynta. Huw fyddai'n ennill bob tro, bron, ond mi fentra i y curwn i o heddiw. Oes, mae tipyn o li ynddi hi, hyd yn oed yn yr ha' weithia. A dydi gweithio mewn banc yn Lerpwl ddim yn help i fagu cyhyra."

"Dew! Mewn banc mae o'n gweithio? Mae'n rhaid fod gynno fo lot o bres."

Chwarddodd Pyrs. "Cyfri pres pobol eraill mae o, y twmffat! Mewn difri, eistedd yn fanno drwy'r dydd heb chwa o awel iach ar ei wyneb. Dim diolch." Taniodd ei sigarét cyn gofyn yn ddifeddwl, "Fedri di nofio?"

"Na. Wel, ddim yn dda iawn. Dw i am ddysgu."

"Fasa ddim gin i dy daflu di i'r pwll rŵan, imi gael dy weld yn trio."

Edrychodd ar y bachgen a sylwi ar gysgod bach o bryder yn ei lygad. "Ond o ran hynny, waeth imi heb; does dim llawar o ddŵr yn yr afon ar ôl yr holl dywydd sych."

Ond gwyddai o brofiad y gallai'r afon dawel hon newid ei chymeriad yn sydyn a bygythiol pe ceid glaw mawr.

Crwydrodd ei edrychiad i gyfeiriad y bont a daeth atgof arall iddo, ond ni soniodd air wrth Guto. Nos Sul ym mis Mai oedd hi, bron i ddwy flynedd yn ôl erbyn hyn. Doedd Pyrs ddim wedi mynd i'r capel; gwell ganddo gadw llygad ar yr heffer froc oedd ar ben ei hamser. Wrth ddisgwyl, daeth syniad iddo. Beth am fynd at y bont, tipyn wedi saith, i ddisgwyl Esther, y forwyn newydd. 'Sgydwodd y gwellt oedd wedi hel ar ei ddillad. Bu'n aros yn hir, ond o'r diwedd fe ddaeth Esther. Mae'n amlwg ei bod yn synnu ei weld yno, ond ni chafodd Pyrs yr argraff ei bod ddim dicach, chwaith. Wedi peth sgwrsio, dechreuodd Pyrs wamalu ychydig, gormod efallai, ac wrth edrych yn ôl rŵan, sylweddolodd mai camgymeriad oedd hynny. Ond pan aeth i ymddwyn yn fwy mentrus a cheisio gafael ynddi, cafodd ei roi yn ei le yn bur chwyrn a digamsyniol. Bu'n rhaid iddo gerdded adre ei hunan bach. Unwaith eto, teimlodd wres y beltan ar ei foch.

"Ty'd o 'na. Mae digon o waith yn disgwyl yn lle stelcian yn fan hyn."

Roedd Now yn agos iawn i'w le yn ei broffwydoliaeth. Cafwyd pedwar diwrnod o dywydd braf, a'r haul yn eithaf cynnes erbyn y pnawn. Ond gyda'r nos, nos Lun, dechreuodd godi'n wynt a gwelwyd rhyw lwydni yn yr awyr o du'r gorllewin.

Erbyn amser cinio drannoeth roedd yn dymchwel y glaw, a bu'n glawio'n ysbeidiol gyda gwynt cryf am rai wythnosau. Roedd hi'n anodd cael digon o waith dan do i'r hogiau, ac ni welwyd erioed feudai ac adeiladau glanach yn yr holl sir, a gwyngalch newydd ar bob pared.

Aeth Pyrs a Now i'r ffridd i nôl y bustych er mwyn eu rhoi mewn lle mwy cysgodol, ac wrth eu cerdded nhw ar hyd llwybr yr afon roedd eu traed yn corddi'r wyneb yn boits meddal, aflan, nes ei bod yn anodd cerdded trwyddo.

Wedi eu troi i'r weirglodd, cerddodd y ddau yn ôl.

"Gobeithio i'r Tad na neith yr afon ddim gorlifo," meddai Now.

"Welais i moni'n gneud hynny," atebodd Pyrs, ond cofiai

Now rai o'r hen bobl yn sôn am orlif ofnadwy yn 1887 pan foddwyd rhai o'r caeau isaf am wythnosau. "Paid â chodi ofn arna i, wir," meddai Pyrs, "does dim byd gwaeth na dŵr. Dim byd."

Nos Iau oedd noson Seiat Capel Smyrna, a gofynnodd Esther am ganiatâd i fynd yno oherwydd bod gan y Gweinidog rywbeth pwysig i'w roi gerbron. "Cei, ond iti ddod yn ôl ar dy union," meddai'r feistres. "Wyt ti'n meddwl dy fod yn gall yn mentro drwy dywydd mor ddrwg, a'r afon mor uchel hefyd?"

"Mi fydda i'n iawn," oedd ateb hyderus y forwyn. "Ac mae'r glaw wedi peidio rŵan. Wyt ti'n dŵad, Guto?"

"Dwi'n mynd adra i warchod, i Mam gael mynd i'r Seiat, yn dydw i, Meistres?" Cuchiodd Pyrs, ond ei fam oedd biau'r dweud.

Meddai, "Gofala ditha dy fod yn ôl yma yn ddiymdroi," gan ddangos ei hawdurdod.

Ond peidio dros dro wnaeth y glaw. Pan oedd Pyrs yn cerdded o'r cwt malu, wedi bod yn paratoi berfâd o swêds a blawd i'r gwartheg, sylwodd ar Fflos yn udo a gwneud sŵn cwynfanus. Rhedai mewn cylchoedd o'i gwmpas ac edrych i'w wyneb bob hyn a hyn, yn union fel pe bai'n ceisio dweud rhywbeth.

"Be haru ti, 'rast?" arthodd yn ddiamynedd. "Taw, er mwyn popeth, a dos i rywle yn lle bod dan draed," meddai gan anelu cic ati.

Ond dal i swnian yr oedd Fflos. Toc, rhwng ei hysbeidiau o udo, meddyliodd Pyrs ei fod yn clywed llais, a hwnnw fel pe bai'n dod o bell. Anodd dweud yn y gwynt cryf, plyciog; mae gwynt felly'n chwarae castiau efo rhywun. Safodd, a gwrando eto. Oedd, roedd rhywun yn galw, ac o gyfeiriad yr afon, yn ôl fel y tybiai. Gollyngodd y ferfa a rhuthro i'r beudy i nôl lantarn; cychwyn i lawr y llethr, yn hanner llithro ar y gwellt gwlyb, a Fflos yn rhedeg o'i flaen cyn aros amdano a rhedeg yn ei blaen eilwaith.

Adnabu'r llais cyn cyrraedd yr afon. Cododd y lantarn i geisio gweld yn gliriach, ac wrth nesu at y llif gwyllt gwelodd hi, ei dillad wedi bachu yn y gangen oedd â'i blaen yn chwipio wyneb y dŵr. Hithau'n crogi, bron at ei hanner, yn y dŵr brochus.

"Pyrs! Helpa fi, Pyrs! Helpa fi!"

Roedd y sgrech yn llawn panig.

"Be gythral wyt ti'n neud fan'na? Sut est ti i'r fath le o gwbl?"

Er ei fod yn holi, ni ddisgwyliai Pyrs ateb. Ond daeth rhyw fath o esboniad aneglur rhwng sgrech y gwynt a'r ebychiadau llawn braw. "Llithro . . . yn y mwd . . . syrthio . . . Helpa fi, Pyrs, ty'd i nhynnu i o'ma!" Gwelodd Pyrs hi'n edrych i lawr i'r pwll. "Gafael yno i, Pyrs. Helpa fi!"

"Gafael ynot ti? Fi? Y fi'n gafael ynot ti?"

Ffrwydrodd rhywbeth yn ei ben. Rhoddodd y lantarn i hongian ar frigyn uwch ei ben a chlosio'n ofalus at fôn y goeden. Gafaelodd amdani â'i fraich chwith ac ymestyn yn araf dros y dŵr oedd fel crochan berw yn chwyrnellu a rhuthro oddi tano. Rhoddodd wadn ei droed ar y gangen a gwthio. Clywodd hi'n rhoi ychydig dan y pwysau a gwthiodd fymryn yn galetach.

Daeth gwaedd arall i'w glustiau. "Paid â siglo'r goeden; rwyt ti'n codi ofn arna i!"

Ond sŵn oedd y geiriau iddo fo, sŵn heb synnwyr na theimlad. Rhoddodd gic sydyn, galed i'r gangen â'i holl nerth, ac efo clec, syrthiodd i'r dŵr.

Clywodd Pyrs sgrech ofnadwy a Fflos yn cyfarth fel peth gwallgof. Gafaelodd Pyrs yn y lantarn a throi am adre.

Ni sylwodd ar y cysgod tywyll ar y bont; cysgod yn symud yn araf a herciog . . . fel dyn cloff.

* * *

II

Roedd Elin Owen ar bigau'r drain. Roedd yn tynnu at hanner awr wedi chwech a Guto byth wedi cyrraedd. Onid oedd hi wedi ei siarsio i fod adra erbyn chwartar wedi chwech fan bella, er mwyn iddi hi gael mynd i'r Seiat mewn da bryd, a honno'n un arbennig, yn ôl y Gweinidog.

Ond roedd drain mwy pigog i ddod iddi ymhen ychydig oriau, pe bai hi ond yn gwybod.

Aeth at y drws unwaith yn rhagor i edrych a oedd golwg ohono. Dim byd. Ond sylwodd bod y glaw wedi peidio o'r diwedd, a da hynny; peth anghyfforddus, a pheryglus hefyd, ydi eistedd am awr neu ragor mewn dillad gwlyb.

Caeodd y drws a mynd yn ôl i'r gegin. Rhoddodd ychwaneg o goed ar y tân a rhybuddio Joseph ac Ann i ofalu rhag mynd yn agos ato. Roedd hi ar 'fynd i'r bwtri pan gerddodd Guto i mewn. "Wel lle ar y ddaear y buost ti, hogyn?" holodd.

"Pyrs wnaeth i mi fynd-â threnglad o wair i gwt y lloia, neu mi faswn yma cyn hyn," atebodd gan ychwanegu iddo fo'i hun, "a hen ddigon yno fel roedd hi."

"Rho swpar i'r plant. Mae yna lymru ar silff y bwtri, a digon o fara ceirch. Cym'ra ditha beth hefyd, mae golwg digon piglwyd arnat ti. Sut mae dy goes di heno?"

"Brifo tipyn bach. Wedi brysio ydw i, yntê?"

Erbyn i Elin Owen gyrraedd y Festri roedd y lle yn rhwydd lawn, ac eisteddodd ar fainc ar y chwith efo'r chwiorydd eraill. Toc, edrychodd o'i chwmpas. Syndod oedd gweld Leusa Ty'n Gongl yno. Wel, da iawn. Ac Esther Tŷ Newydd wedi cyrraedd hefyd, a hynny'n dangos bod hwyliau da ar Phoebe Morgan, meistres Hendre Fawr.

Ymhen ychydig funudau cododd Michael Owen, y penblaenor. "Gawn ni ofyn bendith y Goruchaf cyn i Elias Roberts gymryd at y rhannau dechreuol."

Roedd Elin yn falch o glywed mai Lias y Dolydd oedd i ddechrau'r cyfarfod; roedd o mor dda ar ei liniau bob amser, a'i afael sicr ar yr ymadroddion yn ei lais mwyn yn creu awyrgylch o addoliad.

Wedi ei "Amen . . . ac A-men," arhosodd y Gweinidog am ddau funud gweddus cyn codi.

"Frodyr a chwiorydd. Mae'n hyfryd gweld y Tŷ yn llaw . . . yn weddol lawn . . . heno, a ninnau wedi dyfod ynghyd i addoli'r Arglwydd. Fel y clywsom ar y weddi, pechaduriaid ydym oll, er bod lle i ddiolch nad oes neb ohonom yn euog o anfadwaith ysgeler. Nid ydym wedi pechu i'r graddau hynny. Ond y mae pechod yn llechu ym mhob un ohonom; geiriau brwnt; meddyliau aflednais; celu'r gwirionedd a gwaeth – peidio â gwrthsefyll drygioni." Roedd gan Elin Owen feddwl mawr o'r "Hen Barch" fel y'i gelwid, ond rhaid cyfaddef ei fod yn hoffi sŵn ei lais ei hun. Yr eiliad honno, sylweddolodd ei bod hithau'n pechu yn ei meddwl – roedd hi'n beirniadu Gwas yr Arglwydd. ". . . ac y mae'r Diafol, fel bwystfil ysglyfaethus, yn disgwyl ei gyfle."

Arhosodd y Gweinidog am ychydig i ddefnyddio hances fawr wen – ac i roi cyfle i ddisgwyliadau'r gynulleidfa godi.

"Ond newydd da sydd gennyf i chi, frodyr a chwiorydd. Bythefnos i heno fe gynhelir Seiat arbennig yma yn Smyrna. Seiat arbennig iawn. Nid yn y Festri ond yn y Capel, gan y byddwn yn croesawu Mistar Evan Roberts, Casllwchwr, atom unwaith yn rhagor."

Aeth siffrwd drwy'r seddau, fel y clywir awel o wynt yn cerdded drwy gae o geirch aeddfed, a daeth ambell i "Diolch Iddo" a "Haleliwia" o blith y brodyr.

"Ond fe dorrwn ni'r Seiat yn fyr heno, oblegid y mae gan y Blaenoriaid a minnau amryw o faterion i'w trafod gogyfer ag ymweliad Mistar Roberts. Hynny yw, os nad oes gan rywun rywbeth ar ei feddwl."

Gwyddai pawb yn well na thorri ar draws y drefn.

"Dyna ni, felly. Fe orffennwn drwy ganu'r emyn annwyl, sy'n addas ar gyfer pawb.

> Beth yw'r udgorn glywa i'n seinio?
> Brenin Siloh sydd yn gwa'dd.
> Pwy sy'n cael eu galw ganddo?
> Pechaduriaid o bob gradd . . .

Ac ymlaen. Ie, pechaduriaid o bob gradd."

Roedd cryn gynnwrf a siarad wrth i'r ffyddloniaid fynd allan i'r glaw; roedd hwnnw wedi dychwelyd yn drymach, a gwynt plyciog, milain yn chwythu i wyneb Elin wrth iddi frysio tuag adref.

Chwarae teg i Guto, roedd wedi rhoi'r plant yn y gwely ac wedi golchi'r powlenni swper. "Guto," meddai'i fam cyn tynnu ei het hyd yn oed, "be ti'n feddwl? Mae Evan Roberts ei hun yn dŵad i'r Seiat ymhen pythefnos!"

"O Mam, mi garwn i 'i weld o. Ydach chi'n meddwl y ca i ddŵad gan Meistr, a Nhad yn gwarchod? Piti na fasa fo yma i warchod heno i mi gael mynd efo chi."

"Paid â siarad yn wirion. Mi wyddost o'r gora fod dy dad wedi gorfod danfon y Sgweiar i Gaergybi i ddal y llong i'r Werddon; fydd o ddim yn ôl tan yn hwyr fory gan ei fod o'n gorfod gofalu am les y gaseg." Rhoddodd ei llyfr emynau ar y dresal. "A styria rŵan, iti gael mynd yn ôl i'r Hendre – mi fyddan yn dy ddisgwyl di. Hwda, tara'r sach yma dros dy sgwydda, mae hi'n bwrw'n drwm, cofia."

"Hwrach y ca i 'peini Esther. Mi fasa hynny'n help."

"Mae hi wedi hen fynd, ngwas i. Dos rŵan."

Wedi iddo adael y ffordd fetlin a chychwyn i lawr y llwybr a arweiniai at yr afon, at y bont ac at Hendre Fawr, trawodd y ddrycin yn waeth, a theimlai'r gwynt yn pwnio'i gefn, fel llaw rhyw gawr yn ei wthio. Roedd hi'n ddigon anodd iddo gerdded y llwybr llithrig heb lithro ar y gorau, ond gwnâi'r ddrycin bethau'n filwaith gwaeth.

O'r diwedd cyrhaeddodd y bont, a safodd am ychydig i gael ei wynt ato. Wrth i'w lygaid grwydro, meddyliodd Guto am eiliad ei fod yn dychmygu pethau. Meddyliodd ei fod yn gweld golau gwan wrth droed y bont, yn ymyl yr hen helygen, a chraffodd i geisio gweld yn well. Oedd, yr oedd rhywbeth tebyg i lamp stabal yn crogi oddi ar un o'r canghennau, ac yn siglo yn y gwynt. Aeth yn ei flaen yn araf, araf, a'i law ar ganllaw'r bont, gan gadw'i lygaid ar y llecyn. Er syndod iddo, gwelodd amlinelliad corff dyn, ac wrth i olau'r lamp daro arno, sylweddolodd mai Pyrs oedd yno. Pyrs? Yn y fath le? Edrychodd eto; oedd, roedd o'n siŵr mai Pyrs oedd o, ond roedd hi'n anodd gweld yn glir, rhwng y glaw a'r düwch. Ond beth oedd o'n wneud? Edrychai i Guto fel pe bai'n mynd i gerdded ar y gangen grin – yr union gangen y rhybuddiodd o Guto rhag mynd yn agos ati ar boen ei fywyd. Ni chafodd amser i feddwl rhagor. Tasgodd y dŵr i bob cyfeiriad wrth i'r gangen ddisgyn i'r afon. Yr un eiliad clywodd sgrech arswydus. Sgrech a fferrodd ei waed.

Adnabu'r llais.

Trodd ar ei sawdl, a phe medrai byddai wedi rhedeg nerth ei draed i fyny'r llwybr i lygad y ddrycin. Llithrodd a syrthio ar ei liniau unwaith, ond daliodd i fynd yn ei flaen fel pe bai cythreuliaid y Fall ar ei ôl.

Roedd wedi ymlâdd erbyn iddo gyrraedd y ffordd, a phwysodd ar lidiart am funud i roi ychydig o orffwys i'w goes anafus. Sut oedd o am lwyddo i fynd y filltir arall i gyrraedd drws ei gartre? Ond roedd yn rhaid iddo fynd.

Roedd drws y tŷ wedi'i gloi, ond gwelodd Guto olau bach yn ffenest y llofft. Dyrnodd y drws â'i ddwy law gan weiddi "Mam, Mam,'gorwch," fel dyn gorffwyll.

O fewn dim yr oedd Elin Owen wrth y drws â channwyll yn

ei llaw. "Guto! Be sy'n bod? Wyt ti'n iawn? Wyt ti'n sâl?" gan gydio ynddo a'i lusgo i'r gegin. Gafaelodd Guto yn dynn, dynn yn ei fam gan grio a chrynu heb fedru dweud gair dealladwy. Mwythodd hithau ei wallt yn dyner a gadael i'r storm chwythu'i phlwc.

Wedi iddo dawelu ychydig, meddai hi wrtho, "Dos i newid o'r dillad gwlyb 'na. Gwisga ddillad dy dad am y tro."

Tra oedd Guto yn newid, prysurodd Elin i roi ychwaneg o goed ar y tân ac i fegino'r marwydos yn fflam fyw. Erbyn iddo ddod yn ôl yr oedd mymryn o dân yn dechrau twymo'r gegin. Parodd ei fam iddo eistedd ar y setl yn ymyl y tân, "Ac mi gynhesa i dipyn o lefrith a phupur i ti. Mi gawn ni sgwrs wedyn," meddai wrtho.

Teimlai Guto ychydig yn well wedi iddo yfed ei lefrith.

"Wyddost ti be?" meddai Elin yn ysgafn, "mi rwyt ti'n edrach yn rêl hen wryn bach yn y dillad yna, wyt wir."

Disgwyliai iddo ddweud beth bynnag oedd ar ei feddwl.

Braidd yn garbwl ac araf oedd stori Guto pan ddaeth, a phan soniodd am y sgrech rhoddodd ei ben yn ei ddwylo ar y bwrdd. Dim gair. Dim ond anadlu dwfn. Yna ailddechreuodd. Gwrandawodd Elin arno ac arswyd cynyddol yn ei meddiannu; braidd y medrai gredu yr hyn a glywai.

"A dydw i ddim yn meddwl bod Pyrs yn licio Esther."

"Pam wyt ti'n deud peth fel'na?" holodd ei fam, gan ofni'r oblygiadau.

Aeth Guto yn ei flaen i sôn am y beltan a gafodd Pyrs ddiwrnod y cynhaeaf, ond roedd yn rhy swil i fanylu. "Roedd o'n sbio'n gas arni hi weithia," ychwanegodd.

"Gofala nad wyt ti'n deud peth fel hyn wrth neb arall – byth. Wyt ti'n clywad?"

Cofiodd am ryw siarad am Pyrs ac Esther, ond ni chofiai beth; roedd pethau pwysicach mewn bywyd.

Edrychodd Guto i'r tân heb ddweud dim.

"Mae'n hwyr. Gwell mynd i'r gwely, rwyt ti'n edrych wedi

ymlâdd. Mi gei di gysgu efo fi heno rhag iti . . . rhag iti styrbio'r plant." ("I mi gael cadw llygad arnat ti," meddai wrthi'i hun.)

Bu'r bachgen yn hir, hir cyn cysgu, gan droi a throsi a chwyno ynddo'i hun. Ymhen amser, distawodd. "Guto?" sibrydodd ei fam yn ddistaw, ond ni ddaeth ateb.

Ni chafodd Elin Owen yr un hunell o gwsg, nid oherwydd y glaw trwm ar y ffenest nac ochneidiau'r gwynt yn y simdda; nid hynny a'i cadwodd ar ddihun. Daeth meddyliau ar draws ei gilydd iddi, a chwestiynau na allai eu hateb. Beth yn union welodd Guto? A welodd o unrhyw beth amheus? Ei chalon yn dweud "naddo" a'i phen yn gwrthod derbyn hynny. Os bu anfadwaith, beth oedd i'w wneud? Esther oedd yn sgrechian, meddai Guto, ond sut y gwyddai hynny? Sut oedd posib adnabod llais neb dan amgylchiadau mor enbyd? Efallai mai'r gwynt wnaeth rhyw sŵn anarferol, neu aderyn y nos yn chwibanu wrth ffoi o flaen y ddrycin. A sut oedd dichon i Esther fod yn agos i'r afon, a hithau ond newydd adael y Seiat? Ac eto, roedd argyhoeddiad yn llais Guto.

Yn sydyn, sylweddolodd mai Guto oedd yr unig dyst pe digwyddai Achos. A thyst ansicr oedd o hefyd. "Rydw i'n meddwl yn siŵr . . ." "Roeddwn i'n sicr braidd mai Pyrs . . ." Beth dalai sylwadau o'r fath mewn Llys Barn? Dychrynodd wrth sylweddoli ei bod yn cymryd yn ganiatáol y byddai Achos. Os felly, beth dalai gair tyst fel Guto yn erbyn gair mab Hendre Fawr? Byddai Pyrs yn sicr o wadu ei fod yn agos i'r lle o gwbl y noswaith honno. Ac roedd Guto mor ddiniwed, ngwas i.

Cymaint o wahaniaeth yr oedd ychydig oriau wedi ei wneud iddi. Doedd fawr o amser er pan yr oedd hi, ac aelodau eraill y Seiat, yn llawenhau bod Evan Roberts yn bwriadu dod atynt, a dyma hi rŵan, ynghanol ei helynt a'i phryder.

Soniodd "Yr Hen Barch" rywbeth am "anfadwaith ysgeler", ond ar y pryd geiriau oedd y rheini, a dim mwy. Dim ond geiriau. Teimlai Elin Owen yn unig a di-gefn, a hiraethai am gwmni ei gŵr, Richard John. Pe byddai o efo hi, yn lle bod yng Nghaergybi bell . . . Dyn doeth oedd Richard John.

Rhoddodd Guto gic â'i goes ddrwg a chododd hithau ar ei phenelin i weld a oedd o'n iawn. Murmur rhywbeth, ond ni ddeallai beth. Daliodd ar ddau air – "dŵr" a "hi", ac yna llonyddodd Guto a syrthio i gwsg y blinedig drachefn.

Ond oedd, yr oedd ganddi Un i droi ato. Ceisiodd weddïo'n ddistaw; gweddïo am arweiniad a nerth yn y dydd blin. Sibrydodd eiriau'r Salmydd, "O'r dyfnder y llefais . . ." Oedd, roedd yn rhaid wrth Ffydd. "Disgwyliais yn ddyfal am yr Arglwydd . . ." Ac eto, ni theimlai ei bod yn cael ateb i'w gweddi. Gresynai na fyddai dawn Lias y Dolydd ganddi, ac wrth iddi feddwl amdano daeth ei lafarganu melys i'w chof. ". . . a deisyfwn dy faddeuant, dirion Dad, am inni rodio gyda'r annuwiolion, a methu sefyll, fel ein Gwaredwr bendigedig, yn wyneb meibion Satan." Teimlai Elin gysur wrth gofio'r weddi a'r erfyniad dwys, "Cymer drugaredd arnom, Arglwydd da, a gwared ni rhag cymylu dy Enw sanctaidd."

Yr oedd clywed llais Lias ar ei liniau, er yn absennol yn y cnawd, yn fendithiol.

Meddyliodd eto am Guto a'r posibilrwydd o Achos Llys. Guto fyddai'n dioddef a rhaid fyddai iddi ei warchod rhag hynny. Ni châi fynd yn ôl i'r Hendre, i fod dan draed Pyrs Morgan byth eto. Siawns na châi le iddo mewn siop yn y dre – London House neu'r Afr Arian efallai. Ond ni fyddai mab iddi hi yn mynd i'r Hendre Fawr byth eto.

Cofiodd wedyn am anogaeth y Gweinidog ar i bawb wrthsefyll drygioni a datgelu pob camwedd. A dyna'i dyletswydd hithau fel Cristion ac fel aelod o'r Seiat. Ni allai fod yn ddistaw mwyach. Ond eto, yr oedd iddi ddyletswydd arall hefyd, fel mam, sef gwarchod ei phlentyn rhag cael cam. Oni ddywedodd yr Athro Mawr ei hun fod iâr, hyd yn oed, â gofal ganddi am ei chywion. Yr unig ffordd i amddiffyn Guto oedd bod yn ddistaw ynglŷn â'r holl fater. Dim ond iddi hi a Guto beidio â sôn am yr hyn a ddigwyddodd, nid oedd unrhyw berygl y byddai neb yn dod i wybod amdano, oherwydd ni ddywedai Pyrs air; roedd yn sicr o hynny.

Teimlai ychydig yn esmwythach wedi penderfynu felly. Gwrandawodd. Roedd y glaw wedi peidio â hyrddio yn erbyn y ffenest, er bod sŵn y gwynt yn dal yn uchel.

Cododd Elin yn fore iawn trannoeth, yn gynt nag arfer, ac wedi cynnau tân, cadwodd ei hun yn brysur yn paratoi ar gyfer gwaith y dydd ac ymorol am frecwast i'r plant.

Wedi i'r ddau fach fynd i'r ysgol, eisteddodd wrth y bwrdd gyferbyn â Guto. "Sut wyt ti'n teimlo'r bora 'ma?" holodd.

"Wedi blino tipyn. 'Nes i ddim cysgu'n dda iawn."

Anwybyddodd Elin hynny. "Guto, gwranda. Dwyt ti ddim i fynd allan o'r tŷ 'ma heddiw. Wyt ti'n dallt?"

"Ond Mam, rhaid imi fynd yn ôl i'r . . ."

"Na raid. A dwyt ti ddim i fynd yn ôl yno eto, chwaith."

"Ond pam? Rydw i a'r hogia'n cael hwyl. Ac mi rydw i wrth fy modd yn trin anifeiliaid . . . Mi garwn i fod yn ffariar."

"Hwrach wir. Mi garwn inna fod yn frenhinas. Rydw i'n mynd i'r Hendre Fawr rŵan i nôl dy betha di ac i ddeud wrth Dafydd a Phoebe Morgan dy fod wedi gorffan yno. Mi fydd yn ben tymor gyda hyn, prun bynnag. Mi ddeuda i fod dy goes di'n gwaethygu. Ia, dyna ddeuda i. Sut mae hi heddiw?"

"Brifo braidd. Wedi pwyso'n drwm arni neithiwr, mae'n siŵr."

"Dyna fo. Roeddwn i'n iawn, weldi. A pheth arall, dwyt ti ddim i yngan gair am yr hyn welist ti neithiwr. Dim un gair."

Aeth trwodd i'r siambar i chwilio am ei chôt a'i het, cyn dod yn ôl i orffen gwisgo. Ar ganol botymu, rhoddodd ei llaw ar gornel y bwrdd a chrymu ymlaen ychydig gan wyro'i phen.

"Mam, be sy? Be sy, Mam?"

Eiliad o oedi. "Dim. Dim byd . . . Meddwl oeddwn i," a sythu i orffen ei thasg.

"Rydw i'n mynd rŵan," meddai, gan gerdded at y drws. Cyn ei agor, trodd yn ôl ac edrych yn hir ar ei mab. "Guto. Mi fydda i i ffwrdd beth amsar. Rydw i am fynd i'r Rheinws a gofyn i'r Cwnstabl ddŵad yma i wrando ar dy stori. Caiff o benderfynu wedyn beth ydi'r peth gorau i'w wneud."

Roedd clep y drws o'i hôl yn derfynol.

* * *

III

Teimlai'r Cwnstabl Eric Prichard, fel y Salmydd gynt, iddo gael ei arwain at y dyfroedd tawel. Dyma fo yn yr ardal hyfryd hon ers yn agos i bum mlynedd heb dwrw bach na mawr. Ar wahân, wrth gwrs, i gystwyo Ifan Pandy a'i debyg am fod yn afreolus ar nos Sadwrn, a rhoi bonclust i ambell laslanc anystywallt weithiau.

Gwenodd yn gam wrth gofio'r dyddiad – y dydd cyntaf o Ionawr 1900. Dechrau blwyddyn newydd; dechrau canrif newydd; dechrau swydd newydd. Gobeithiai, ar y pryd, y byddai'n cyflawni pethau mawr, ond nid felly y bu.

Ond rŵan dyma Elin Owen wedi taflu clamp o garreg i dawelwch y dyfroedd. Os oedd ei stori'n wir, byddai dyddiau, os nad wythnosau, o waith caled a diflas o'i flaen. Ond efallai nad oedd unrhyw wirionedd yn yr hanes. Mae hogiau'n rhamantu a breuddwydio'n aml. Dichon bod dychymyg y Guto 'ma yn rhy fyw.

Y peth gorau fyddai mynd i'w weld a'i holi – ei holi'n bur galed hefyd, i gael at y gwir. Cododd o'i ddesg, gwisgo'i gôt

26

ucha a sodro'i helmed ar ei ben, a mynd i'r cefn i nôl ei feic. Roedd ar fin cychwyn pan glywodd rywun yn gweiddi. "Mr Prichard! Mr Prichard, rhoswch." Aled, mab y Cim, oedd yno. "Be sy? Rydw i ar frys."

"Mae 'na gorff yn yr afon ar waelod weirglodd ni. Isio ichi ddŵad acw ar unwaith!"

"Be ddeudist ti? Corff? Yn lle?"

"Tro'r afon ar waelod y weirglodd. Mae o'n sownd yn y brwgaits."

Neidiodd y Cwnstabl ar gefn y beic. Arglwydd mawr! Oedd hyn yn rhoi sail i stori Elin Owen, tybed? Trodd yn ôl at y bachgen, "Dos i ddeud wrth Daniel Saer am ddŵad â'i styllen. O ia, a dŵad â rhywun efo fo."

Ymhen chwarter awr go dda yr oedd Prichard yn brasgamu ar draws y weirglodd. Gwelodd Alun Davies, y ffermwr, a dau was yn sefyll yn gynhyrfus ar lan yr afon.

"Dyma helynt ofnadwy, Prichard. Mae'n dda gin i'ch gweld chi. Wil 'ma gwelodd hi wrth fynd ar ôl tair dafad oedd wedi torri'n rhydd, a'r ci yn dechra aflonyddu a chyfarth."

Teimlai'r Cwnstabl fod yn rhaid mynd yn syth at wraidd y mater. "Ers pryd mae'r corff yn fan'na?"

"Wn i ddim." Oedodd Alun Davies am eiliad. "Yr hogia isio'i chodi hi o'r afon, ond finna'n eu rhwystro nhw tan i chi gyrraedd."

"Eitha reit, Alun Davies. Rhaid peidio ag ymyrryd â'r Gyfraith."

Camodd Prichard at y dorlan ac edrych ar gorff y ferch ifanc. "O'r gora. Codwch hi," meddai'n awdurdodol.

Rhoddwyd hi i orwedd ar y gwelltglas, a'r dŵr yn rhedeg yn nentydd bychain o'i dillad.

"Rhaid imi neud nodiada." Tynnodd y Cwnstabl ei lyfr nodiadau o'i boced a sgrifennu am ychydig, cyn plygu ar un ben-glin. "Ia, ia. Dim het . . . gwallt cringoch . . . archoll ar y talcen . . . poced côt wedi rhwygo (chwith) . . . un esgid ar goll (dde)."

Cododd a rhoi ei lyfr yn ôl yn ei boced. "Lle rhowch chi hi dros dro, Alun Davies? Gyda llaw, wyddoch chi pwy ydi hi?"

Lleisiau ar draws ei gilydd. "Esther . . . Tŷ Newydd . . . Williams . . . morwyn Hendre Fawr."

"Hendre Fawr? Teulu nobl, Hendre Fawr. Lle rhowch chi hi?"

"Beth am y sgubor bach?"

"Oes modd cloi'r drws?"

"Clo clap."

"Iawn. Mi ddaw Daniel Saer yma gyda hyn; deudwch wrtho fo am ei rhoi hi yno. A dŵad â'r goriad i mi. Rhaid i mi fynd rŵan. Bydd gofyn cael cwest ac mi a' i i hysbysu'r Crwner, a mynd i weld y bach . . . rhai pobol eraill wedyn."

Y bore trannoeth roedd dau ŵr dieithr yn Swyddfa'r Cwnstabl. Yr Arolygydd James Lewis oedd un, a'r llall oedd y Ditectif Gwnstabl Cyril Beavan.

Cafwyd yr hanes yn llawn gan Prichard, am ymweliad Elin Owen a'i stori, ac yna darganfod corff Esther. Wedi holi ymhellach, meddai'r Arolygydd, "Dos i weld y teulu, Prichard, i gydymdeimlo. Cadwa dy glustiau'n agored. A dos i weld y Gweinidog hefyd gan mai yn y Seiat y bu hi ddwytha, yn ôl y sôn."

"Iawn, Syr. Mae arna i isio gweld y bachgen hefyd."

"Na, na, gad hwnnw i ni. Mi awn ni yno cyn nos."

Oedodd yr Arolygydd fel pe bai'n meddwl. "Ie, Bifan, y Cim ydi'n galwad gyntaf ni rŵan."

Roedd Alun Davies wedi cymryd at y ddau ŵr dieithr. "Boneddigaidd" oedd y gair ddaeth i'w feddwl. Gwelwyd y corff. Plygodd Beavan i gael gwell golwg arno. "Drychwch, Syr. Mymryn o rywbeth yn sownd yn y froets wrth ei gwddw," a rhoddodd rywbeth yn llaw'r Arolygydd.

Edrychodd yntau arno. "Coesyn a deilen grin. Deilen beth, Alun Davies? Mi wyddoch fwy na fi am bethau fel hyn."

"Deilen helyg, siŵr i chi."

"Helyg? Diddorol iawn. Cadwa hi'n ofalus, Bifan. Mi awn ni i weld yr afon rŵan."

Lediodd y ffermwr y ddau i lawr at dro'r afon, a dangos lle y cafwyd y corff. "Yn y tyfiant acw," meddai, "wedi mynd yn sownd. Welais i'r fath li ers blynyddoedd lawar, a hwnnw'n golchi dros y dorlan y ddwy ochor." Ysgydwodd ei ben mewn anghrediniaeth. Yn sydyn camodd at docyn brwyn. "Rhyfedd na welais i hwn o'r blaen," gan godi rhywbeth a'i roi i'r Arolygydd. "Llyfr Hymns."

Ysgydwodd Mr Lewis y sypyn gwlyb. "Ie, dŵad o'r Seiat oedd hi, wrth gwrs." Agorodd y clawr. "Mae yma enw, anodd gweld yn iawn. Rhywbeth Williams Tŷ . . . Tŷ Newydd? Cadwa fo at eto, Bifan."

Roedd hi rhwng dau a thri o'r gloch pan gurodd Beavan ar ddrws cefn Hendre Fawr. Daeth gwraig ganol oed, daclus yr olwg, i agor y drws. "Mrs Morgan?" a chyflwynodd yr Arolygydd ei hun a'i gydymaith iddi.

"Dowch i'r tŷ. Roeddwn i'n hanner eich disgwyl," meddai gan fynd o'u blaenau i'r gegin. "Steddwch ar y setl yn ymyl y tân ichi gael cnesu. Dwi heb neud tân yn y parlwr bach eto . . . methu dŵad i ben rŵan, er bod Dora'r Llwyn yn dŵad yma bob dydd i neud y gwaith trymaf. Ond mae colled ar ôl Esther, druan bach . . . ac i feddwl . . ." a throdd at y lle tân, cyn troi'n ôl. "Ia, hogan dda, Inspector. Hogan yn gweld ei gwaith. Sobor, sobor. Mi gym'wch banad o de?" Brysiodd Beavan i wrthod yn garedig, ond torrodd yr Arolygydd ar ei draws. "Y feri peth, Mrs Morgan, ar ddiwrnod fel heddiw." Wrth i Phoebe droi draw, rhoddodd bwniad i Beavan efo'i benelin a sibrwd, "Olew ar y 'lwynion, ngwas i."

Soniwyd rhagor am y drychineb wrth iddynt yfed eu te.

"Doeddech chi ddim yn bryderus, Mrs Morgan, a hithau heb ddŵad yn ôl?" Gwthiodd Beavan y sgwrs ymlaen ychydig.

Esboniodd hithau fel y bu'n crefu ar Esther i beidio â mynd i'r Seiat ar noson mor fawr, ond roedd wedi mynnu mynd. "A meddwl roeddwn i ei bod hi wedi aros adra yn y fath dywydd, dros nos, felly."

Cwestiwn arall oedd gan yr Arolygydd, ond nid oedd am ei ofyn yn uniongyrchol. "Wyddai Pyrs ddim, chwaith?"

"Welais i mo Pyrs tan y bora. Roeddwn i'n trio rhoi chydig o fara llefrith i Dafydd – mae o yn ei wely, digon symol, yn wir. Mymryn bach gymerodd o i'w swpar."

Roedd blinder yn y llais.

"A welsoch chi mo Pyrs y noson honno?"

"Mi glywais o'n mynd i'w lofft pan oeddwn yn tendio ar Dafydd, ond ddoth o ddim i'n llofft ni.'

"Faint o'r gloch oedd hynny, Mrs Morgan?"

"Wn i ddim, wir. Gwn, erbyn meddwl, roedd y cloc mawr wedi taro naw ers rhai munudau."

Diolchwyd am y sgwrs ac am y te. "Te da, 'te Bifan! Mi awn ni i weld y dynion a Pyrs, rŵan os cawn ni."

"Maen nhw yn y gadlas. Trwsio to un neu ddwy o'r teisi gwair ar ôl y storm."

Chwiliodd y ddau am y gadlas a chael hyd i rai o'r dynion ar ysgolion ac eraill o gwmpas troed un o'r teisi gwair. "Ydi'r rhaff yn iawn fel'na, Now?" "Na, rho dro arall iddi i'w thynhau." Un arall yn gofyn, "Now, ydi hi'n iawn i mi gribinio'r gwellt 'ma?" "Gwell aros nes inni orffan."

Pyrs yn ategu popeth ddywedai Now – rhoi sêl ei fendith, fel petai. Ond byddai dyn dall, hyd yn oed, yn gweld mai at Now yr oedd y dynion yn troi. Nid oedd yr Arolygydd yn ddall.

Holwyd y dynion am y digwyddiad, ond heb fod fawr nes i'r lan. "Hen hogan iawn," meddai'r un oedd yn cael ei alw'n

Mos, "ond ei bod hi'n grefyddol felltigedig." Trodd yr hwsmon at y ddau heddwas, "Wedi dŵad dan ddylanwad Evan Robaits y Diwygiwr, dach chi'n gweld." Ond doedd ganddynt ddim gwybodaeth am yr hyn ddigwyddodd noson y ddrycin.

"Pyrs," meddai Mr Lewis toc, "mae'r gwynt yma'n finiog iawn i un fel fi sy'n treulio'i amser dan do. Oes lle clyd i ni gael sgwrs?"

Aethant i hoewal gerllaw ac eisteddodd yr Arolygydd, yn ddigon anghysurus, ar ferfa oedd a'i hwyneb i waered.

Taniodd Pyrs sigarét, heb gynnig un i neb arall. Ysgydwodd y fatsien i ddiffodd y fflam a'i thaflu'n ddifater allan o'r hoewal.

"Beth wyt ti'n gofio am y noson y diflannodd Esther?"

Dywedodd Pyrs fel y mynnodd Esther fynd i'r Seiat, fel yr oedd yntau'n brysur rhwng y cwt malu a'r beudái a hithau'n noson mor ddychrynllyd o stormus.

"Be wnest ti wedi gweld nad oedd hi wedi dod yn ei hôl?"

"Wyddwn i ddim tan fore trannoeth. Mi es i 'ngwely tua wyth o'r gloch."

Cododd Beavan ei ben, gan gofio'r hyn ddywedodd Mrs Morgan. "Wyth ddeudist ti? Wyth?" Sylweddolodd fod ei lais yn rhy chwyrn a meddalodd. "Cynnar iawn i ddyn ifanc, heini, dybiwn i."

Roedd mymryn o fin ar lais Pyrs. "Ddim os ydi rhywun wedi blino a glychu 'dat ei groen."

Gwthiodd yr Arolygydd ychydig bach pellach. "Beth ddigwyddodd iddi hi, wyt ti'n meddwl, Pyrs?"

"Syrthio i'r afon, debyg."

"O?"

"Dyna mae pobol yn ddeud. Be wn i?"

"Fasa well i ni fynd i weld yr afon, Syr?" Camodd Beavan tua'r drws.

31

"Na, mae hi'n dechrau tywyllu. Mi ddown ni yma fory i gael gweld yn iawn yng ngolau dydd. Ac os cofi di am unrhyw beth, Pyrs . . ."

Roedd y ddau yn bur ddistaw wrth fynd yn ôl i'r pentref ond, yn y man, trodd yr Arolygydd at Beavan, "Roeddet ti'n iawn i gwestiynu'r amser gwely, Bifan. Ac mi fydd ganddo ddiwrnod cyfan i chwysu rŵan."

Roedd hi braidd yn hwyr ar y ddau yn cyrraedd i weld Guto. Richard John agorodd y drws. "Mae'n ddrwg gennym dorri ar eich traws mor hwyr, Mr Owen. Gobeithio nad ydym yn difetha'ch swper."

"Na, wedi gorffan. Steddwch wrth y bwrdd 'na."

Aeth Elin Owen â'r plant drwodd i hwylio am y gwely, a siaradodd yr Arolygydd efo Richard John am ychydig cyn troi at y bachgen.

"Wel, Guto, mi gest ti fraw ofnadwy. Wyt ti'n teimlo'n well erbyn hyn?"

"Ydw diolch."

"Da iawn, wir. Rŵan, dyn defaid 'ta dyn gwartheg wyt ti?" gofynnodd yr Arolygydd profiadol.

"Well gin i warthaig."

"O? Pam?"

"Dydyn nhw ddim mor wirion â defaid." Methodd Guto ddeall pam yr oedd pawb yn chwerthin. "A Serog ydi'r ora."

"Serog? Enw dieithr i mi."

"Mae gynni hi ddwy seran, un bach o dan yr un fawr."

"Buwch gwerth ei chael, felly. Ond mi glywais nad wyt ti am fynd yn ôl i'r Hendre Fawr. Pam? Dwyt ti ddim yn licio dy le yno?"

"Ydw. Nghoes i sy'n waeth."

"Wela i. Wyt ti'n dŵad ymlaen efo'r dynion eraill – a Pyrs?"

"Ydw."

Tynnodd Beavan gwdyn o'i boced a gwneud tipyn o sioe o ddatod y papur a rhoi taffi yn ei geg.

"Bifan! Rhag cywilydd i ti'n stwffio dy hun fel'na o flaen pobol." Cipiodd yr Arolygydd y cwdyn a'i wthio ar draws y bwrdd. "Hwda, Guto. Mi rwyt ti'n licio taffi *Red Seal*, debyg?"

"Ew ydw. Diolch yn fawr," atebodd, gan edrych dan ei guwch ar Beavan.

"Wel, sut mae hi efo'r lleill?"

"Mae 'na hwyl i gael ac mae Robin yn medru gneud campa."

"A Pyrs?"

Edrychodd Guto ar ei dad cyn ateb. "Mae o'n iawn . . . Medru bod yn rhyfadd weithia. Ddaru o fygwth nhaflu i i'r afon i weld fedrwn i nofio."

"Diar annwyl. Ddaru o neud hefyd?"

"Na, ond mi ges i ofn."

"Wel do debyg. Rŵan deuda be welaist ti noson y storm."

Braidd yn araf oedd Guto yn adrodd ei stori am fel yr oedd yn croesi'r bont ar ei ffordd yn ôl, a hithau'n dywydd mor arw. Stopiodd wrth weld golau dieithr – lantern yn crogi wrth gangen yr helygen – a gweld Pyrs yn rhoi ei droed ar gangen isel oedd yn gwyro dros yr afon, a honno'n disgyn i'r dŵr. A chlywodd sgrech.

Rhoddodd ei ben yn ei ddwylo, a bu distawrwydd am ychydig, cyn i Mr Lewis ofyn, "Pwy oedd yn sgrechian?"

"Esther."

Ond roedd Beavan yn amheus. "Wyt ti'n siŵr o hynny, Guto? A hithau mor stormus, yntê?"

"Ydw. Rydw i'n nabod ei llais hi'n iawn."

Roedd Richard John ar fin dweud rhywbeth am "amau", ond cododd yr Arolygydd i fynd, gan ddiolch am help Guto. "Ond efallai y byddwn yn galw eto os bydd rhywbeth yn codi."

Treuliodd y ddau y bore trannoeth yn swyddfa Prichard, gan fynd dros yr holl fanylion yn drwyadl; ac wedi cinio, trodd y ddau i gyfeiriad yr Hendre.

Cafwyd hyd i Pyrs a Robin yn trin un o'r heffrod, ac yn rhoi rhywbeth i lawr ei chorn gwddw.

"Anhwylder?"

"Dim byd o bwys. Rhyw beswch bach annifyr."

Awgrymwyd eu bod yn mynd at yr afon a gweld y bont. Wrth fynd, gofynnodd yr Arolygydd sut nad oedd Pyrs wedi clywed Esther yn galw am help, os oedd hi – yn ôl ei ddamcaniaeth o – wedi syrthio i'r afon.

"Ddyn glân! Ond dydw i wedi deud wrthach chi sut noson oedd hi, a mod inna'n ôl a blaen rhwng y cwt malu a'r beudái, yn sgrapio rwdins ac ati. Iwsiwch eich synnwyr cyffredin, Inspector."

Ni chymerwyd sylw o'r ffrwydrad. Mae pobl yn tueddu i ffrwydro pan maent ar bigau'r drain.

Roedd lli mawr yn dal yn yr afon, a meddyliodd Mr Lewis pa obaith oedd i neb o syrthio iddo, hyd yn oed heddiw, heb sôn am noson y ddrycin.

Torrodd Beavan ar draws ei feddyliau. "Rydw i am fynd dros y bont i weld be sydd yr ochor draw, Syr."

"Mi ddo i efo chdi imi gael gweld y llwybr. Arwain at y pentref mae o, yntê, Pyrs?"

Dim ateb.

Cerddodd y ddau rai llathenni i fyny'r llwybr cyn troi'n ôl ac aros ar ganol y bont i edrych ar y dŵr, gan wybod bod pâr o lygaid yn eu gwylio.

"Mae o i'w weld yn glir," meddai'r gŵr ifanc.

"Ydi, ond cofia ei bod hi'n olau dydd rŵan. A dacw'r goeden y soniodd Guto amdani. Tybed faint oedd i'w weld y noson honno?"

"Roedd lantar ar y goeden, ac mi fasa'n hawdd gweld

honno," mentrodd Beavan, "beth bynnag am weld dim byd arall."

"Mi wnei di dditectif eto, Bifan."

Cododd Pyrs oddi ar y garreg yr oedd wedi eistedd arni.

"Wel? Ydach chi rywfaint callach?"

"Ac mi rwyt ti'n meddwl mai llithro i'r afon wnaeth hi?"

"Be wn i? Meddwl. Dychmygu. Pobol yn siarad. Sawl gwaith sy isio imi ddeud yr un peth?"

Roedd Beavan wedi crwydro at fôn yr helygen. Ymhen ychydig, dyma alw, "Dowch i weld hwn, Syr."

Aeth y ddau ato.

"Drychwch, mae'r gainc wedi pydru gryn dipyn, ond digon o bren iach ar ôl, 'llaswn feddwl, i gadw'r gangen rhag syrthio ohoni'i hun."

"Heb i rywun roi help iddi. Dyna wyt ti'n feddwl, Bifan? Mi awn ni rŵan," ychwanegodd yr Arolygydd, "ond paid â mynd yn bell o'r Hendre, Pyrs, nes y gwelwn ni di eto."

Trodd y ddau dditectif a cherdded i fyny'r llechwedd, ac aeth ias oer drwy berfedd stumog Pyrs.

Aeth Phoebe Morgan i lawr y grisiau yn drwm ei throed, gan deimlo ei bod hi eisoes wedi gwneud diwrnod da o waith, er mai newydd godi o'r gwely yr oedd hi.

Cerddodd ar draws y gegin at y dresal a rhoi'r gannwyll i lawr er mwyn cael goleuo'r lamp. Taniodd y ddwy wìg a'u troi i lawr yn isel cyn rhoi'r gwydrau'n ôl yn eu lle. Wedi iddynt gynhesu, aeth â'r lamp at y bwrdd bach crwn yn ymyl y lle tân a'i rhoi i lawr arno. Dyna pryd y gwelodd yr amlen. "Mrs P. Morgan, Hendre Fawr." Llawysgrifen Pyrs!

Syrthiodd yn drwm i gadair ac edrych ar yr amlen yn pwyso yn erbyn y tebot gwag. Roedd meddyliau cythryblus yn gwau fel morgrug drwy ei phen. Beth oedd hyn? Beth ond newyddion drwg? Cawsai ddigon o'r rheiny'n ddiweddar, a

Dafydd, ei gŵr, yn dirywio o flaen ei llygaid; colli Esther, wedyn. Roedd colled enbyd ar ei hôl, a'i diwedd trychinebus wedi ysgwyd Phoebe i waelod ei bod. A hogyn Elin Owen, hwnnw hefyd wedi eu gadael. Ond beth oedd yn yr amlen?

Ymhen ysbaid estynnodd ei llaw a'i hagor. Dechreuodd ddarllen:

Nos Iau

Fy Annwyl Fam

Y mae'n ofidus gennyf ychwanegu at eich beichiau, ond ni allaf ddioddef rhagor. Erbyn i chwi ddarllen hyn o eiriau byddaf ar fy ffordd i Liverpool i gael llong i fynd â mi i'r Byd Newydd o olwg pawb. Na phoenwch amdanaf. Bydd digonedd o waith yno i un profiadol fel myfi. Dywedwch wrth fy annwyl Dad bod yn ddrwg calon gennyf ei adael ac yntau yn ei wendid, a chymeraf y cyfle i fynegi fy niolch cywiraf iddo ef a chwithau am yr hyn oll a fuoch i mi.

Yr eiddoch yn gywir,

Eich Mab, Pierce Morgan.

Cymylodd llygaid Phoebe Morgan fel na welodd ar unwaith yr ôl-ysgrif, mewn pensil:

O.Y. Tybiaf y gwyddoch chwi yn eich calon y . . .

Dyma'r hoelen olaf. Ei mab ei hun yn ffoi o afael y Gyfraith. Eisteddai fel delw, gan syllu i'r grât oer yn llawn lludw ddoe. Aeth munudau lawer heibio heb iddi gyffroi. Trawodd y cloc mawr saith o'r gloch ond ni chlywodd Phoebe ddim, gan sŵn y ddau air oedd yn curo yn ei phen fel buddai gnoc. Curo nes brifo. "Dyma'r diwedd. Dyma'r diwedd."

Toc clywodd y drws allan yn agor; daeth sŵn esgidiau trwm ar gerrig y gegin gefn, a phiseri'n taro yn erbyn ei gilydd. Ymhen dim yr oedd wyneb siriol Now wedi dod i'r golwg heibio'r palis.

"Meistres," meddai yn wên i gyd, "be feddyliech chi? Mae Serog wedi dŵad ag efeilliaid. Ydi wir! Dau lo fanw gyda'r gora welsoch chi rioed."

Edrychodd Phoebe Morgan arno am yn agos i funud, ac yn raddol, raddol dechreuodd conglau ei cheg symud, a gwên yn ymestyn yn betrus i'r llygaid.

"Wel ardderchog, 'te Now! Ardderchog. Mi fydd hyn yn help i godi calon Dafydd, gobeithio . . . Dos i nôl pwcedaid o lo i mi, imi gael cynna tân."

* * *

Gwobrwywyd y stori gyntaf yng Nghystadleuaeth y Stori Fer yn Eisteddfod Genedlaethol Sir Ddinbych a'r Cyffiniau, 2001.

37

BILL

Rhedodd ias oer i lawr meingefn y Parchedig Edwin Lloyd wrth glywed y Swyddog yn rhoi clep ar y drws o'i ôl. Doedd deuddeng mlynedd o wasanaeth fel Caplan carchar wedi lliniaru dim ar yr arswyd. Arswyd? Ie, dyna'r gair debyg. Terfynol, meddyliai, fel sodro caead arch yn ei le.

Eisteddai'r carcharor ifanc ar erchwyn ei wely. Gweddol dal, gellid tybio, pe safai ar ei draed, ond tenau a gwelw ei wedd. Eithaf taclus, er hynny, er bod y gwallt tywyll yn flêr ac yn bigog yn ôl y ffasiwn. Disgleiriai stydsen loyw yn un ffroen ("real diamond" yn ôl y gwerthwr) a bodiai yntau fodrwy o liw aur yn ei glust chwith. Ond ni chododd ei ben i edrych ar yr ymwelydd.

"Bore da, William." Estynnodd y Caplan ei law. Dim ymateb.

Toc, ebwch. "Bill," gydag edrychiad hanner beiddgar a hanner amheus ar y gŵr dieithr.

"Mae'n ddrwg gen i, chlywais i ddim yn iawn."

"Bill. Dyna'n enw i. Petha'r lle 'ma sy'n deud William. Enw sisi . . ." Taflodd edrychiad herfeiddiol arall at y Caplan.

Hm! "Siŵr iawn, siŵr iawn. A sut ydach chi...Bill?" Eisteddodd y Caplan ar y gwely yn ei ymyl, a symudodd Bill ddwy droedfedd dda yn nes draw. "Wel ie. Newydd gyrraedd, yntê? Echdoe?" Distawrwydd. "Edwin Lloyd ydi f'enw i, a fi ydi'r Caplan, fel y deudodd y Swyddog gynnau. Rydw i yma i'ch helpu chi. Os bydd arnoch isio rhywbeth, bach neu fawr, cofiwch ddeud. Neu o ran hynny, os byddwch isio siarad am rywbeth – rhywbeth sydd yn eich poeni, efallai, neu heb fod yn iawn, mi fydda i'n barod i wrando bob amser. Cofiwch rŵan. Mi wna i fy ngora i'ch helpu."

Ysgydwad pen cynnil, dim ond digon i arwyddo bod y neges wedi'i deall. Mater arall oedd a fyddai'n manteisio ar y cynnig ai peidio.

Siaradodd y Caplan am y peth yma a'r peth arall am ychydig, ond heb dorri trwodd. Yna daeth at fater yr oedd yn rhaid ei drafod.

"Mi wyddoch y cewch chi rywun i ddŵad i'ch gweld, cyn bo hir. Fisitors, felly. Eich teulu – neu ffrindiau, efallai. Mi ddaw eich mam, mae'n siŵr."

"Uffar, ddaw honno ddim." Gwelodd y syndod ar wyneb y Caplan. "Wedi rhedag i ffwr efo rhyw foi; dreifar ar-tíc." Distawrwydd. "Ers tair blynedd . . . Dim ots gin i chwaith." Hyn o dan ei wynt.

Rhoddodd Edwin Lloyd gynnig arall. "Beth am eich tad?"

"Wn im pwy 'di o. Welis i rioed mo'r blydi boi."

Tir go garegog, Edwin bach. Dal ati.

"Oes gennych chi frawd neu chwaer, neu ffrindiau ddaw yma?"

Ailddechreuodd Bill chwarae efo'r fodrwy glust, heb ddweud yr un gair. Ymhen ychydig, meddai, "Hwrach daw Sheila."

"O. Da iawn. Pwy ydi Sheila?"

"Hogan fi. Ol-reit Sheil."

"Ydi hi'n gwybod lle'r ydych chi? Fasech chi'n licio i mi anfon gair . . . sgwennu ati hi?"

"Dwi am sgwennu. Fory. Hwrach daw hi 'rwsnos nesa."

"Braidd yn fuan, Bill. Ond mi ddaw cyn bo hir, yn siŵr i chi."

Nid oedd "perthynas" yn air amlwg yn hanes hwn, meddyliodd y Caplan. Na "gobaith" chwaith. Dyna'i waith o, fel Caplan – rhoi gobaith iddo, os medrai. Rhoi, ie. Ond roedd angen carthu rhywbeth o'i bersonoliaeth yn ogystal. Siom? Dicter? Chwerwedd? Ysbryd dialgar, efallai. Roedd y bachgen hwn yr un fath â llawer o'r lleill – yn sarrug, anfoesgar hyd yn oed. Ond gwyddai Edwin Lloyd mai amddiffynfa oedd hynny; oddi tanodd yr oedd diniweidrwydd rhywun hawdd ei glwyfo.

Cododd i fynd. "Mi ddo i i'ch gweld eto cyn bo hir. A chofiwch beth ddwedais i – gofynnwch amdana i os byddwch isio rhywbeth, neu isio sgwrs. Cofiwch, rŵan."

Safodd am eiliad neu ddau y tu allan i'r gell gan chwythu trwy'i geg, yn ôl hen arfer, nes bod ei fochau fel balŵns mewn ffair. Wrth ei weld yno, daeth un o'r swyddogion ato. "Wedi bod yn D.17? Sut oedd petha?"

"Rhwyfo yn erbyn y lli, mae arna i ofn. Fawr o ymateb."

Nodiodd y Swyddog ei ben i ddangos dealltwriaeth. "Newydd ydi o, heb setlo eto. Mi fydd yn well, falle, ymhen ychydig ddyddia. Ac mae o i ddechra cwrs gwaith coed ddydd Llun; bydd hynny'n help." Edrychodd ar y Caplan, "Ond mae'n anodd gweld beth ddaw ohono fo, rywsut."

Atseiniodd y geiriau ym meddwl y Caplan wrth iddo fynd at weddill ei braidd. "Defaid Jacob, bob un," meddai wrtho'i hun.

*　　*　　*

"Llythyr i ti, Sheila!" Gwaeddodd Tracey i gyfeiriad y stafell wely a rhoi'r amlen ar y bwrdd i ddisgwyl ymddangosiad ei ffrind. "A brysia, wir Dduw, rhag inni fod yn hwyr. Ti'n gwbod diawl mor flin ydi'r Crawford 'na. Fasa rhywun yn meddwl mai fo ydi Mr Tesgo'i hun. Fo a'i bawenna crwydrol."

Rhoddodd y mŵg te a'r plât yn y sinc tan heno; dim iws potsio golchi llestri'n rhy aml. Ailgydiodd yn y sgwrs efo'r anweledig. "Ar be wyt ti heddiw?"

Ymddangosodd Sheila, yn edrych fel talp o niwmonia. "Lle mae'r llythyr? Ar y blydi *till*. Hen ferchaid twp ddim yn gwbod y gwahaniath rhwng Fiver a cwpon Twenty-pee off." Chwythodd ei dirmyg. "Heb sôn am hogia ysgol yn trio bod yn ffresh."

Rhwygodd yr amlen yn agored. "Blydi hell! Bili Boi o'r jêl . . . Isio i mi fynd i'w weld o. Hy!"

"Ei di?"

"Iwsia dy frêns – os oes gin ti rai."

"Wel, roeddat ti a fo yn mynd yn grêt cyn iddo fo gael cop."

Llyncodd Sheila'r te llugoer efo tafell o Ryvita, cyn tanio sigarét. "Iawn am sbel. Deud y gwir, doedd o ddim yn bad o bisyn pan welson ni o'n gwerthu eis-crîm ar lan y môr."

"Titha'n tynnu arno fo. Dim lwc-in i neb arall."

"Welis i monot ti'n gwrthod eis-crîm am ddim."

Edrychodd Tracey'n wamal arni hi. "Hwrach mai dyna pam y cafodd o'r sác – rhannu gormod o eis-crîm i genod. Ac mi wyddost pam."

"Cau dy hopar. Y bòs ddeudodd ei fod o'n pocedu pres. A doedd o ddim, medda fo ar ei beth mawr." Llyncodd gegiad arall o de. "Wel, mi fasa'n deud hynna, yn basa." Rhoddodd y llythyr yn ôl yn yr amlen a'i lluchio ar sil y ffenest.

Aeth Tracey ymlaen i herio. "Ac am fod y peth bach heb bres i dalu rhent y doist ti â fo yma, debyg."

"Dim ond am chydig, nes iddo fo gael lle iawn."

"A'i gadw'n gynnas yn dy wely bach dy hun rhag ofn iddo fo gael haint."

Chwarddodd Sheila. "Jelys wyt ti. Dw i'n mynd. Wyt ti'n dŵad?"

* * *

Bore diflas, tywyll ac oer oedd hi wrth i Edwin Lloyd gerdded o'i gar at y carchar, a chyfarfod un o swyddogion Asgell D.

"Bore da, Mr Daniel – os da hefyd. Wedi gorffen am y dydd, mi welaf."

"Am y nos, yn well fyth! Mwy na hynny, am wythnos gyfa. Amser rhydd i fod dan draed y musus. Ond o ran hynny, rydach chi, weinidogion, yn arfer efo amser rhydd bob wythnos!" a rhoddodd chwerthiniad bach i ddangos mai smaldod oedd y sylw. Aeth yn ei flaen.

"O ia, ichi gael gwybod, mi fu Richards, D.14, yn sâl drwy'r nos. Poenau mawr yn ei stumog o. Mae o yn y sbyty rŵan – pendics, synnwn i ddim. Dyna sy arno *fo*, ond wn i ddim pa salwch sydd ar D.17 chwaith. Cês rhyfadd."

"Rydach chi'n iawn, Mr Daniel, salwch sydd ar William Ellis, ond salwch – sut mae'i roi o? – salwch enaid, efallai. Taswn i yn y pulpud yn lle rhynnu yn fan'ma, mi ddeudwn fod pydredd wedi mynd i'w enaid o. Rhwd, os leiciwch chi."

"Deud go dda. Ond . . . os ydi enaid yn rhywbeth ansylweddol, sut y medar o bydru? Mi wn i be sydd gynnoch chi, wrth gwrs."

Meddyliodd Edwin Lloyd fod mwy ym mhen yr hen Ddaniel nag oedd yn ymddangos, a hwnnw'n dal i siarad "... a phwy a ŵyr be sy'n mynd ymlaen yn nyfnjiwn ei feddwl?"

Dechreuodd chwarae efo goriadau'r car. "Rhaid mynd o'r oerfel 'ma. Ond peidiwn â chwyno, twll y gaea ydi hi, a does ond gobeithio na ddaw hi'n eira cyn y Dolig. Hen garchar ydi hwnnw."

"Ia, wir, carchar," atebodd y Caplan wrth edrych i gyfeiriad Asgell D.

Wedi ffarwelio â'r Swyddog, cerddodd tuag at ei "rownds", chwedl yntau. Yna safodd yn sydyn wrth i syniad rhyfedd ei daro. "Dyfnjiwn," meddai. Tybed a oedd yr hen Ddaniel yn darllen Morgan Llwyd o Wynedd? Dyna oedd gair hwnnw, os cofiai yn iawn – Seler Dywyll. Lle campus i fagu pydredd a rhwd! Rhaid ceisio cael goleuni i'r Seler. Ond sut? Sut?

Ychydig cyn amser cinio roedd o efo Bill. Bu bron iddo amau ei lygaid ei hun – welodd o Bill yn gwenu? Do, am hanner eiliad, fe wenodd. Do. "Wedi bod yn gweld Alun Richards," meddai. "Mae o yn yr ysbyty. Poenau mawr yn ei stumog."

"O!" Unsill. Dim ymateb.

Soniodd Edwin Lloyd ymhellach am salwch Richards, yn fwy na dim er mwyn siarad, a chyn mentro rhoi ei droed ar dir a wyddai oedd yn bur sigledig. Roedd wedi bwriadu codi'r mater fwy nag unwaith, ond roedd ei brofiad yn ei rybuddio i ymatal.

"Am ladrata ac am ymosod ar blismon y cawsoch eich carcharu, yntê Bill?"

"Y? Cael be? Dim dallt."

"Am ddwyn o siop a dyrnu plisman – dyna pam rydych chi yma. Iawn?" Distawrwydd.

"Beth ddaru chi ddwyn?" Nid gofyn mewn anwybodaeth, ond rhoi cyfle i Bill gael siarad (efallai) am y digwyddiad. Rhaid dod â'r peth i olau dydd. Disgwyliodd. A disgwyl.

O'r diwedd, "Neuso ni ddim dwyn. Meddwl gneud."

"A beth am gicio'r plisman?"

"Arno fo oedd y bai. Roedd y sglyfath yn sefyll rhwng fi a'r drws." Saib eto. Chwaraeai unwaith yn rhagor efo'r fodrwy yn ei glust cyn i'r llifddorau agor, ac wedi agor, byrlymu.

Cafodd y Caplan yr argraff bod gollyngdod yn y dweud rhuslyd, carbwl; a bod dyhead – heb yn wybod, yn sicr – am gael dweud ei stori. Ei stori O. A dyma o'r diwedd glust yn gwrando, ac yn gwrando heb gondemnio na barnu. Roedd yma gydymdeimlad, rhywsut. Soniodd fel yr oedd Sheila "isio croes aur i hongian am 'i gwddw" a'i fod yntau wedi trefnu efo cyfaill "profiadol" i dorri i mewn i siop gemydd er mwyn cael un – a phethau eraill, efallai. Roedd y cyfaill wedi ei sicrhau nad oedd unrhyw berygl, "odd o wedi gneud reci".

Dyna lle'r oedd y ddau yn paratoi i lwytho breichledau a

watsys a modrwyau i'w pocedi, pan ymddangosodd y ddau heddwas. Doedd y cyfaill ddim yn ddigon profiadol i ddarganfod y system larwm fodern. Ciledrychodd Bill ar y Caplan i weld a oedd o'n medru dilyn stori mor gymhleth. "A dyma un o'r copars yn dŵad amdana i. Mi rois i ben-glin iddo fo nes odd o fel stwffwl, ac wedyn dyma'r bygar arall yn gafal yna i." Yn y ffrwgwd llwyddodd y cyfaill i ddianc.

Roedd adrodd hyn i gyd yn amlwg yn dreth arno, a rhoddodd Bill ochenaid fel petai o ddyfnderoedd ei ymysgaroedd. "A cheso i ddim croes i Sheil chwaith." Roedd rhyw ing rhyfedd yn y geiriau.

Ceisiodd y Caplan ddweud rhywbeth i'r perwyl bod Sheila'n gwerthfawrogi ei ymdrech, mae'n siŵr, er na fuasai'n cymeradwyo ei ddull o wneud pethau. Ddim o gwbl.

"A rŵan, Bill, rhaid edrych ymlaen. Sut mae'r gwaith coed yn mynd? Ydach chi'n licio'r gwaith?"

"Mae o'n O.K."

"Daliwch ati. Posib y cewch waith fel saer coed rhyw ddiwrnod, ac ennill pres da. Mae seiri'n brin. Mi fydd yn braf cael cyflog iawn, yn bydd? Pres yn eich poced i wario ar bethau."

Tawedog iawn oedd y carcharor. Yna, yn annisgwyl, torrodd allan i feichio wylo. Crio go-iawn. Llifai'r dagrau yn ddirwystr. Rhyddhad, meddyliodd y Caplan. Roedd o wedi cael *dweud* – o'r diwedd. Teimlai drosto a chynhesodd ei lais, "Da bo chdi rŵan." Ond ni ddywedodd Bill yr un gair.

*   *   *

Roedd Bill yn llawer mwy siriol pan gyrhaeddodd Edwin Lloyd un prynhawn ddechrau Mawrth.

Bron cyn iddo eistedd, roedd Bill yn estyn cerdyn post iddo. "Wedi cal hwn, ylwch."

Edrychodd y Caplan arno. Llun digon anghelfydd o wraig dew yn codi ei throed i'r awyr a chranc mawr yn gafael ym mawd ei throed. "Gewch chi ddarllan o." Trodd Edwin y cerdyn drosodd. Marc post aneglur, ac ysgrifen blentynnaidd, gron:

"Dear Bill. Havin a lovlly time. Lots of fun. See you! Sheila. X X X"

"Yr hoeden iddi hi," meddai'r Caplan wrtho'i hun, "yr hoeden fach ffals!"

"Ar ei holides mae hi . . . Wn i'm yn iawn yn lle, chwaith." Saib. "Mae hi'n deud 'i bod hi am ddŵad i ngweld i, yn tydi?" Roedd tinc gobeithiol, petrusgar yn y llais.

"Weli di mohoni yma, ngwas i," meddai Edwin wrtho'i hun. Yna daeth syniad i'w feddwl. Beth pe bai hi'n dod – beth wedyn?

Sylweddolai Edwin Lloyd mor hawdd fuasai troi'r drol, ond roedd yr amser wedi dod. Roedd y llanc wedi dangos llawer mwy o ymddiriedaeth ynddo yn ddiweddar, a dyma'r awr.

"Gwranda, Bill. Y cerdyn yna – dy dwyllo di mae hi. Pwy sy'n mynd i lan y môr yr adeg yma o'r flwyddyn? Gwell iti anghofio Sheila, ei rhoi hi o dy feddwl. Dydi hi'n ddim ond croes i ti, a chroes fydd hi. Rhaid imi ddeud hyn er dy les di dy hun, er y gwn i'n iawn . . ."

"Uffar dân!" Neidiodd Bill i'r awyr, a'r llygaid llwydlas, oedd mor ddi-fflach fel arfer, yn melltennu. Ofnodd Edwin Lloyd am funud bod y carcharor am ymosod arno, fel ar y plismon yn y siop ond, yn annisgwyl, troi ei gefn wnaeth Bill, a sefyll yn gryndod drosto, a'i ben yn ei ddwylo.

Ymhen munud neu ddau, tawelodd ac eistedd drachefn. Pan siaradodd, yr oedd ei lais yn swnio fel pe na bai unrhyw grych wedi bod ar y dŵr.

"Mi ddoth y doctor i ngweld i ddoe."

"Doctor? Wyt ti'n teimlo'n sâl?"

"Doctor fel arall. Es i i lawr i Rŵm, a fo'n gofyn cwestiwns i fi a rhoi pysls i gneud . . . Wn i'm i be chwaith."

45

Aeth ymlaen i fanylu ar yr holi a'r ateb, gan ddangos dawn dynwared oedd braidd yn annisgwyl. Wrth wrando arno, daeth i feddwl y Caplan pa mor ddiweledigaeth a di-ddeall y gall Awdurdod fod. Angen hwn oedd rhywun i gymryd diddordeb ynddo – cefnogaeth, cydymdeimlad, nid seiciatrydd i ysgrifennu adroddiad di-fudd.

"Beth ddigwyddodd wedyn?"

"Dim byd. Es i 'nôl i'r gwaith. Rydw i wedi gneud trê i ddal llestri a phetha, a dwi am 'i beintio fo. Hwrach y ca i fynd â fo efo fi."

"Siŵr iawn. Rhaid iti ofyn i'r athro gwaith coed. Ga i ei weld o rywbryd?"

"Ew cewch."

Cychwynnodd Edwin Lloyd am y drws yn teimlo y gwelai fymryn o haul ar fryn. Roedd yna ddatblygiad yn sicr, er yn araf. Roedd heddiw wedi cyrraedd trobwynt, ond sut oedd Bill ar ôl iddo fo ei adael?

*　　*　　*

Roedd hi'n dal yn dywydd pryfoclyd er ei bod hi'n ail wythnos ym Mai. Disgwyl gwell, meddai pawb.

Dyna ddywedodd y Parchedig Edwin Lloyd wrtho'i hun hefyd, wrth barcio'r car ym maes helaeth yr archfarchnad. Wedi tipyn o haul braf, dyma'r glaw yn tabyrddio ar do'r car a llifo i lawr y ffenest flaen fel Rhaeadr y Mochnant. Doedd dim dewis ond aros yn amyneddgar yn y car.

Ymhen tipyn trodd y glanhawr ffenest ymlaen iddo gael gweld yn gliriach, a sylwi am y tro cyntaf nad oedd unrhyw ffenest yn yr adeilad mawr. Oddi mewn, yr oedd merched yn eu lifrai gorfodol yn gweithio'n anfoddog yn llenwi silffoedd a derbyn arian cwsmeriaid, heb weld dim ond golau-gwneud artiffisial. Dim llygedyn o haul nac awyr las – na chymylau, ychwanegodd. A faint gwell oedd y rhain, a'u "traed yn rhydd" smalio, na'u bechgyn nhw. O leiaf roedd y rheiny'n cael rhywfaint o amrywiaeth yn ystod y dydd; roedd pob un yn cael dogn o awyr iach. Meddyliodd amdanynt. Amrywiol, fel pob casgliad o ddynoliaeth, a rhai ohonynt yn bur addawol. Dyna Duncan Foster, er enghraifft, a'i fryd ar fynd i brifysgol i astudio archaeoleg o bopeth! Ond eraill wedyn . . .

A gwnaeth hynny iddo feddwl am Bill Ellis; beth, tybed, oedd o'i flaen o? Oedd o'n debyg o barhau efo'r gwaith coed – dyfalbarhau?

Ar ganol y meddyliau hyn, daeth cnoc ysgafn ar ffenest y car, a gwelodd wyneb rhadlon y Caplan Pabyddol yn gwenu arno.

"And it's yourself that's lost in dreams, Reverend!"

"Oh, Father O'Malley, good morning. Doing a bit of shopping for Eirlys, and waiting for the rain to clear."

"My wife won't let me do her shopping," meddai'r Tad, gan floeddio chwerthin, "and hasn't the rain passed this ten minutes or more?"

Eglurodd Edwin fel y bu'n pendroni ac yn meddwl am ddyfodol rhai o'r bechgyn.

"Sure, sure," oedd sylw'r Tad, "but aren't they all the same? Our little factory seems to turn out a lot of look-alikes." (A phob un yn wahanol, ychwanegodd y Cymro wrtho'i hun.)

A chyda chwifiad llaw, cychwynnodd O'Malley ar ei daith. Cyn pen dim, yr oedd wedi troi yn ei ôl. "And I'll tell you this, Reverend, don't you go botherin' your head too much about them."

Dim ond brawddeg oedd hi, ond un a wnaeth i Edwin Lloyd feddwl. Meddwl yn ddwys.

Oedd, roedd yr hen frawd yn gydwybodol iawn yn ei waith, a'i fynych gyfeiriad at y Forwyn Sanctaidd yn solas i amryw, mae'n ddi-os. Ond roedd yn gadael ei broblemau yn y carchar; dyna'u lle nhw. Ie, dyna'u lle nhw.

Yna daeth meddwl bradwrus iddo. Tybed a ydym ni,

Brotestaniaid, wedi colli'r ffordd yn rhywle? Gwell iddo fynd ynglŷn â'i waith.

* * *

Bore hamddenol oedd bore Llun, a mwynhad i Edwin Lloyd oedd oedi dros frecwast wedi prysurdeb y Sul. Estynnodd am y *Daily Post* wrth orffen ei gwpaned olaf, er mwyn cael gweld y dudalen "Mynd a Dod", chwedl Eirlys. Buasai "Dod a Mynd" yn fwy addas!

Daeth Eirlys yn ôl, wedi clywed y postmon. "Wn i ddim ar y ddaear pam mae'n rhaid iddo fo gario'r holl rwts yma i ni. Oes arnat ti isio pythefnos yn y Caribî – am ddim, cofia? Dim ond prynu ffenestri dwbl All-round. O ia, dyma dri llythyr go-iawn i ti."

Roedd Edwin yn agor yr ail lythyr pan ganodd y ffôn. "Mi a' i." Mae gan wraig gweinidog gelwyddau bach gwyn yn barod; felly'r bore yma. "Nac ydi, cofiwch. Newydd fynd i'r banc." Ond ni fu'n rhaid iddi bechu.

"Ysgrifenyddes y Llywodraethwr. Gofyn wyt ti'n mynd i mewn heddiw. Mae hi'n gwybod yn iawn na fyddi di ddim yn mynd i mewn ar ddydd Llun heb fod rhywbeth o bwys. Os wyt ti – os, yntê – ei di i weld y Dyn ei hun ar dy union."

"Felly! Cais? Gwahoddiad? Gorchymyn? Be 'di'r ots – dyletswydd. Gair hwylus, Eirlys."

Gwelai hithau ar ei wyneb nad oedd hyn yn plesio.

"Roeddwn i wedi meddwl torri'r lawnt bore 'ma, mi fydd yn rhy boeth yn nes ymlaen."

"A beth am y garifán? Mae'n rhaid 'i chael hi'n barod erbyn y Genedlaethol."

"Carifán. Caridýms. Car-char. Prun sy'n cael y flaenoriaeth?"

Wedi cyrraedd y carchar, aeth Edwin Lloyd ar ei union i swyddfa'r Llywodraethwr. "A! Mr Lloyd! Diolch i chi am ddod mor brydlon; eisteddwch." Chwaraeai efo papurau ar y ddesg.

"Sut alla i helpu . . .?"

"Drwg gen i orfod eich tynnu yma. Mae'n siŵr fod gennych . . . betha i'w gwneud. Y gwir ydi, mi gawsom helynt ddoe. D.17 William Ellis. Rydych yn ei nabod yn well na neb ohonom, siŵr gen i, a byddwch yn medru rhoi tipyn o'i gefndir, ei gyflwr emosiynol, efallai?"

"William Ellis? Be ddigwyddodd?"

"Fydd o ddim yn cael llawer o fisitors, rwy'n deall?"

"Na fydd. Chafodd o 'run erioed i mi fod yn gwybod."

"Wel mi gafodd un ddoe. Rhywun o'r enw Shirley Mathews. Wyddoch chi rywbeth amdani?"

"Shirley Mathews? Mathews? Na wn." Oedodd am eiliad. "Ydych chi'n siŵr mai Shirley oedd ei henw? Nid Sheila?"

Edrychodd y Llywodraethwr ar ei bapurau. "Rydych yn iawn, Mr Lloyd. Ie, ie, Sheila."

"A'n gwaredo! Fuo hi yma?"

"Pan aeth Ellis i'r Ystafell Ymweld, dyma fo'n mynd yn lloerig a gweiddi sgrechian 'Bits! Blydi bits!' A gwaeth, Mr Lloyd. Rhywsut mi gafodd gyfle i roi dwrn yn ei hwyneb a hollti'i gwefus nes bod y gwaed yn llifo. Chafwyd dim cyfle i'w atal."

Roedd y Caplan wedi ei syfrdanu. Ni allai gredu ei glustiau. Syllodd yn ddi-weld ar y Llywodraethwr, heb ddweud gair. Yna daeth sibrydiad distaw oedd yn swnio bron fel gweddi. "Duw a'i helpo. Duw a helpo'r creadur bach."

Roedd y Llywodraethwr yn dweud rhywbeth. ". . . ac roeddwn yn gobeithio y medrech roi peth o'r cefndir i mi."

Adroddodd y Caplan hynny a wyddai am yr achos, ond teimlai ar yr un pryd mai tenau oedd y deunydd. Swniai ei lais yn bell a digyswllt.

"Diolch yn fawr i chi." Tarodd nodyn neu ddau ar waelod y dudalen. "Ie, diolch yn fawr. Yn yr Uned Gosb y mae o ar hyn o bryd, ac yno y bydd o am ddiwrnod neu ddau. Ydych chi am fynd i'w weld o?"

"Mae'n anodd . . . nes imi gael amser i glirio fy meddwl. Tipyn o siom, wyddoch. Yfory, efallai."

"Ie, yno y bydd o nes y byddaf wedi dod i benderfyniad. Rhaid rhoi ystyriaeth i bethau. Mi wn i hyn – yn yr hen amser y Cat fyddai ei dynged am drosedd o'r fath, ond yn y seler y mae honno bellach, ac yno mae ei lle hi."

Clywed heb wrando yr oedd Edwin Lloyd, ond bachodd un gair yn ei feddwl. Goleuodd ei wyneb.

"Seler ddwedsoch chi?"

"Ie, pam?"

Edrychodd Edwin Lloyd ar y Llywodraethwr. "Rydych chi'n gweld y digwyddiad fel trosedd gan garcharor ymosodol. Ydw i'n iawn?"

"Wrth gwrs. Dyna oedd o."

"Rydw innau'n gweld drws wedi agor i adael goleuni i seler dywyll enaid dryslyd."

"A beth ydych chi'n . . .?"

Ond roedd y Caplan wedi cychwyn. Doedd ganddo ddim amser i oedi ac egluro; roedd rhywun pwysicach na'r Llywodraethwr yn haeddu ei sylw.

BODLAS BACH

Chwara London oeddan ni, un pnawn Dy-Sadwrn, heb fod ymhell o'r Ficrej. Dwrnod braf, er mai dechra Ebrill oedd hi. Braf a chynnas. Fi a John Ifor a Harri, a Jane, chwaer Harri a Gwen Talfor. Fi ddaru grafu'r patrwm ym metlin y lôn, ond mi ddeudodd Harri nad oedd o ddim yn iawn. "Ylwch, lats," medda fo, "be mae Rol Bach wedi'i neud," a dyma fo'n mynd i neud o'n 'iawn', chwadal ynta.

Roedd Jane ar hannar sbonc a'i throed chwith yn yr awyr pan ddoth y moto. Dew, un crand oedd o, yn fwy nag un Mr Pugh y Person. "Dydi o ddim cymaint â moto'r Plas," medda Gwen yn ddistaw. Mi ddylai hi wybod; roedd ei Yncl Robat hi'n dreifio car y Sgweiar pan oedd o isio mynd i rwla, ac mi fuo Gwen yn ista yno fo unwaith, medda hi, pan oedd Yncl Robat yn 'i olchi a'i bolisho fo.

O oedd, roedd Gwen yn un am frolio, braidd. Ond roedd gynnon ni biti drosti hi am fod ei thad wedi cael 'i 'nafu yn y Rhyfal, yn rhwla o'r enw Som, medda Mam. Wn i ddim lle mae fanno. Mi fuo yn yr hosbitol yn hir cyn dŵad adra, a wedyn dyma Loi-George yn deud bod y Rhyfal ar ben ac na fydda 'na un arall, byth. Ond marw ddaru tad Gwen yn y diwadd. Dyna pam roeddan ni'n teimlo biti drosti hi.

Deud am y moto oeddwn i. Mi stopiodd yn 'n hymyl ni. Roedd dyn a dynas tebyg i fyddigions yn y cefn, a hogan bach hefo nhw, a dyn mewn lifrai coch tywyll a chap-pig-gloyw yn

51

ista yn sêt y dreifar. Hwnnw ddaru alw arno ni. Harri aeth ato fo; wel, roedd o'n hynach na neb arall, yn toedd? Roedd o i fod i dreio'r sgolarship ddechra ha, ac mi roedd gin John Ifor a fi ddwy flynadd cyn gneud. Doeddwn i ddim isio chwaith. Roeddan ni'n gweld Harri'n pwyntio efo'i law, fwy neu lai i gyfeiriad lôn Tyddyn Gwyn. Pawb ohonon ni'n rhythu ar y moto, pawb ond Jane; roedd hi wedi plygu i godi'i hosan. Ar yr hogan bach oeddwn i'n sbio. Dyna'r hogan ddela welis i rioed. Roedd hi'n gwisgo ffrog lliw glas gola, a chêp dros 'i sgwydda efo trimins arni hi. Roedd gynni hi het wellt a chylch o floda bach o'i chwmpas, a gwallt du, fel cefn ceiliog gwalchan, yn disgyn dan yr het.

A dyna'r dyn lifrai coch yn deud, "Thank you, laddie," a'r moto'n sleifio yn 'i flaen, cyn ddistawed â chath yn dal deryn. Cododd yr hogan bach 'i llaw arna i a gwenu.

"Hei lats," medda John Ifor, "ylwch Rol yn cochi."

"Nagdw ddim," medda fi.

"Wyt mi rwyt," medda pawb, a dyma fi'n rhoi cic i garrag oedd yn ymyl.

Pawb yn holi wedyn. "Be oedd o isio?" "Pwy oeddan nhw?"

Harri'n sgwario. "Deud rhwbath am Bodlas Beach . . . dwi'n meddwl," medda fo. "Ond doedd 'i Seusnag o ddim yn glir iawn."

Doeddan ni ddim yn dallt. "Bodlas Beach?" Pam oeddan nhw isio mynd i lan-môr Bodlas fis Ebrill? "I be mynd i fanno?" "Sut maen nhw'n gwbod am y lle?" Pawb ar draws 'i gilydd.

"Be wn i?" medda Harri. "Dim ond deud ydw i."

"Ydach chi'n meddwl 'u bod nhw'n mynd i drochi?" gofynnodd Jane.

"Trochi?" medda Harri wrthi hi, "paid â siarad yn wirion! Dydi hi ddim yn ha eto. A phrun bynnag, does yna ddim cytia ar lan-môr Bodlas iddyn nhw newid."

Roedd y peth yn ddirgelwch. Ond rhwbath arall oedd yn poeni Gwen. "Mae'r lôn yn mynd trwy iard Bodlas Bach," medda hi, " ac mae hi'n lôn fudur ofnadwy efo baw gwarthaig a slwts arni hi. Mi fydd y moto'n drybola."

"Dydi hi'n dda bod amball un yn gwbod be-'di-be," medda Jane braidd yn bigog, ond cyn i neb arall gael deud dim, dyma Gwen yn deud, "Ac mi fuo Mam a fi yno 'rha dwytha," ac aros a'i cheg yn hanner agor fel tasa hi isio deud rhwbath arall. ". . . ac mi welson ni rwbath ofnadwy."

"Rhwbath ofnadwy? Be welsoch chi, felly?" John Ifor fydd isio mynd i bocad pawb. "Be oedd o? Deud wrthan ni." Doedd dim diwadd ar yr holi.

O'r diwadd dyma hi'n deud, "Roedd yno ddyn . . . yn 'drochi."

"Wel?"

"A doedd gynno fo ddim byd amdano." Y geiria'n dŵad yn sydyn fel gwynt drwy dwll.

Roedd pawb wedi sobri, nes i John Ifor ddechra piffian chwerthin, ac wedyn mi aeth pawb yn holics glân, yn rowlio chwerthin. Roedd hi'n amsar te ac mi aeth pawb adra.

* * *

Wn i ddim be am y lleill, ond roeddwn i'n torri mol isio deud hanas y moto wrth Mam, ond doedd gynni hi fawr o fynadd, hyd yn oed pan ddeudis i am yr Hogan Bach. Roedd hi wrth benelin Dad, a fynta efo rhyw lyfr ar y bwrdd.

"Be dach chi'n neud, Dad?"

"Edrach dros y darn adrodd 'ma. Hwn sy yn Steddfod Llan 'leni."

"Darn o'r Beibil ydi o? Ydi o'n anodd?" Mi wyddwn i o'r gora am ddysgu petha o'r Beibil. Pobol yn rhoi adnoda efo geiria doedd dim posib 'u deud nhw, na'u cofio nhw, chwaith; petha fel Hwyadramgwyddasant . . .

"Wel, na, ddim o'r Beibil, er bod 'nelo fo â'r Beibil mewn

53

ffordd. Eban Fardd sgwennodd y darn. Mi fuo fo'n byw yn Clynnog, lle mae dy Anti Jenat yn byw. Deud mae o am y Deml fawr yn Jeriwsalem yn cael 'i chwalu gan y Rhufeiniaid."

Torrodd Mam ar ei draws. "Be ddeudodd y Gweinidog, wrth fynd drosto fo efo chdi?"

"Tipyn o hen ben ydi Mr Davies. Mi welodd o rwbath na welis i mo'no fo. Y ddwy lein yma, yli. Mi roeddwn i'n 'u deud nhw, wel, yn ffyrnig, felly. Meddwl oeddwn i am yr Hen Genedl, a sut oeddan nhw'n teimlo wrth weld y sowldiwrs diarth yn malu a llosgi un o'u trysora mwya."

"Sut oeddach chi'n deud nhw, Dad?" A dyma fo'n adrodd, a'i ll'gada'n fflamio:

"Llithrig yw'r palmant llathrwyn,
Môr gwaed ar y marmor gwyn"

a gneud i bob "R" rowlio fel taran.

"Na, na," medda Mr Davies. "Rydach chi newydd ddeud, yn do? . . . 'A drych o dristwch – tristwch, Edward Williams – yw edrych drosti.' Fo sy'n iawn, Ann. Y cwbwl wedi'u chwalu, wedi'u chwalu'n yfflon, a'r offeiriaid a phobol gyffredin yn gelain. Peth trist melltigedig, diawl o beth, ydi colli rhwbath sy'n agos at dy galon di, ac wedi bod yn werthfawr i dy hen dada o dy flaen. Rhwbath na ddaw byth yn ôl, fel y Deml."

Roeddwn i'n synnu clywad Dad yn rhegi, ond doedd gin i ddim diddordeb yn y sgwrs. Y moto oedd ar fy meddwl i.

"Dad," meddwn i, "dach chi'n meddwl bod y byddigions 'na yn perthyn i Ledi Winterthorne, Gorse Hill?"

Ew, tasach chi 'n gweld 'i wynab o! "Gorse Hill?" medda fo, "be ddeudist ti? Gorse Hill, wir! Grym annwl, Bryn Eithin ydi enw'r lle. Bryn Eithin fuo fo 'rioed, cyn i draed yr un o'r tacla-dŵad yma ddŵad yn agos ato fo. Pwy maen nhw'n feddwl ydyn nhw yn cymryd arnyn 'u hunain i newid hen enwa'r ardal yn ôl 'u mympwy? Gofala ditha be wyt ti'n galw'r lle hefyd!"

Roeddwn i wedi dychryn, braidd, gweld Dad fel 'na, ond roeddwn i isio gwbod.

"Ydyn nhw, Mam?"

"Wn i ddim, Rol bach. Wn i ar wynab y ddaear 'ma pwy ydyn nhw . . . ac mae hi'n anodd iawn rhoi Perthyn i estroniaid."

Wel, i chi, mi ges i freuddwyd ryfadd y noson honno. Oeddwn i mewn moto mawr, yn ista'n dalog yn y sêt gefn a dreifar mewn lifrai yn mynd fel chwrligwgan nes codi cymyla o lwch gwyn. A dyma fo'n stopio'n sydyn, a'r dreifar yn troi ŷn ara, ara bach, i ddeud rhwbath wrtha i. A be welwn i dan y cap-pig-gloyw ond gwynab yr Hogan Bach yn gwenu'n glên arna i. Ond o dipyn i beth mi aeth i edrach fel hen wrach hyll, efo cil-ddannadd mawr fel rhai blaidd. Mi ddechreuodd chwerthin a chwerthin a hwnnw'n mynd yn uwch ac yn uwch nes torri'n sgrech ofnadwy. Mi ddeffris yn sydyn, a fi oedd yn sgrechian.

Mi ddoth Mam yno efo cannwyll. "Be sy'n bod? Wyt ti'n sâl?" a dŵad at erchwyn y gwely. "Be sy, 'nghariad i?" a rhoi 'i llaw ar 'y nhalcan.

"Dim. Dim byd. Cael hunlla nes i."

"Wel, rwyt ti'n iawn rŵan, yn dwyt? Mi a' i i neud panad o lefrith cynnas i ti. Cysga di wedyn; mae hi wedi hannar nos, cofia."

Rhyfadd, yntê?

*   *   *

Mi fydda i wrth fy modd efo Wsnos Diolchgarwch. Ddaru chi sylwi – mae hi'n braf bob tro, bron. Nid mod i'n licio Dy-Llun Diolchgarwch; mae o fel cael dau Ddy-Sul mewn wsnos, ac mae hynny'n ormod.

Fydda i ddim yn mynd i'r Ysgol ac mi fydda i'n cael helpu

55

Dad; gneud rhaffa gwellt a gwyngalchu'r beudy yn barod at y gaea, a malu eithin i'r ceffyla. Dew, mi fydda i'n licio hynny; llond cwt malu o ogla da, a Dad yn bwydo'r injian efo'r eithin mân y bydd Dafydd y Nant wedi'i dorri o'r allt. Mae gin Dad ddwy fforch bren i neud hynny rhag pigo'i ddwylo. Fi fydd yn hel yr eithin sy wedi'i falu.

"Pam na iwsi di'r siefl, nen tad," meddai Dad, "yn lle pwytsio efo dy ddwylo? A sbia arnyn nhw – yr hen eithin 'na wedi colli'i lliw arnyn nhw i gyd. Twt, Twt." Ond mi fydda i'n licio clywad yr eithin yn llithro drwy 'mysadd ac ogla da arnyn nhw wedyn.

Joban fawr arall ydi dŵad â'r defaid i lawr, a Dad a Dafydd yn eu didoli nhw, a rhoi'r ŵyn gyrfod yn y lloc bach. Mae defaid yn bwysig, meddai Dad; nhw sy'n rhoi jam ar y frechdan. Wn i ddim yn iawn sut maen nhw'n gneud hynny, chwaith.

Bora Dy-Iau wsnos Diolchgarwch oedd hi. Roeddwn i newydd orffan llnau sgidia yn y gegin allan a Mam yn berwi bwyd i'r moch a'i gwynab yn goch wrth y foelar, pan ddaeth Dad yno.

"Ann," medda fo, "oes posib cael tamad o ginio cynnar? Dwi wedi penderfynu mynd i Bodlas Ucha i nôl yr oen myharan hwnnw. Mi ddeudis i wrth Gruffydd yr awn cyn diwadd yr wsnos."

"Dew, ga i fynd efo chi, Dad?"

"Wn i ddim wir. Ar y ffordd fyddi di." Mi sbiodd arna i wedyn. "Dýl, waeth iti ddŵad ddim. Mi gei agor llidiart neu ddau."

"Efo'r drol ydan ni'n mynd?"

"Trol, wir! Mynd i nôl oen ydw i, nid llwyth o lo. Mi geith Dafydd fachu'r ferlan yn y car crwn; mi awn gymaint â hynny'n gynt, felly."

Roedd hi'n braf yn mynd yn y car, a Dafydd wedi rhoi digon o wellt ar lawr; Bess yn mynd yn hwylus, a finna wrth fy modd yn gweld ei mwng hi'n mynd i fyny ac i lawr wrth iddi duthio.

"Dew, Dad, rydw i'n falch mod i wedi cael dŵad. Ydach chi'n cael plesar hefyd?

"Ydw, am wn i. Meddwl am ddŵad yn ôl efo'r oen ydw i . Un peth ydi mynd, peth arall ydi dŵad yn ôl. Wyddost ti, bob tro rwyt ti'n teithio *i* rywle, mae gen ti daith yn ôl, hefyd." Mi fydd Dad yn deud petha rhyfadd weithia.

Ond un da ydi o i fynd am dro efo fo; mae o'n gwybod cymint o betha, ac roedd o'n sôn am wahanol ddigwyddiada wrth inni fynd.

"Weli di'r cae acw? Dyna lle ddaru tarw mosod ar was Ty'n Ffridd. Cyn dy eni di. Lwcus bod gynno fo gi da efo fo . . ."

"Mae rhai yn deud," medda fo toc, "mai olion Rhufeinig ydi'r twmpathau acw yn ymyl Fron Deg. Wn i ddim; hwrach eu bod nhw wedi bod yn codi gwersyll."

Doeddwn i ddim yn medru gweld sut yr oeddan nhw'n codi gwersyll yn Fron Deg a llosgi Jeriwsalem hefyd.

Felna roedd o – deud lot o betha. "Weli di'r winllan acw?" medda fo wedyn. "Yn fan 'na roedd y Cawr Teirllath yn byw – hwnnw fydda'n byta plant drwg." Sbio arna i efo ceg gam, "Rhai fel chdi."

Cyn bo hir cawsom gipolwg o'r môr. "Dyna'r union fan, yn ôl yr hanes, lle'r aeth yr *Agnes Mary* i lawr mewn drycin ofnadwy. Mi gollwyd wyth llongwr i gyd; pawb ond un hogyn – un o Sir Fôn oedd o. Fo oedd hen-daid Gruffydd Robaits."

Felly y buo fo yn cofio gwahanol betha nes inni gyrraedd capal bach, a Dad yn stopio Bess. "Fedri di ddarllan be sy ar y lechan 'na ar y talcan?"

"Medra. Capel Bodlas B. Be 'di B?"

"Bedyddwyr. Capal Batus ydi o. Weli di rwbath arall?"

"Y ffigura? Un . . . wyth . . . dau . . . tri. Ail-ad . . . adeil . . . wyd. Be 'di'r gair yna?"

"Ail-adeiladwyd. Roedd y capal cynta – un 1823 – wedi mynd yn rhy fychan ac mi fuo'n rhaid codi un mwy yn 1861. Wn i ddim wyddost ti, ond i'r capal yna yr oedd dy fam yn mynd pan oedd hi'n hogan bach. Ac mi ddeuda i beth arall, hefyd. Rydw i'n cofio Cwarfod Cystadleuol yn y Capal, a minnau'n rhoi cynnig ar ran o 'Mab y Bwthyn'. Ennill hefyd, tasa wahaniaeth am hynny. Wel, i ti, mi es drwodd i'r Festri i gael panad'a brechdan, a hogan glên ofnadwy yn tywallt y te i mi. Dyma ni'n dechra siarad . . . Wyddost ti pwy oedd hi?"

Roedd rhwbath yn ei wynab yn deud wrtha i. "Mam? Ac mi ddaru chi briodi."

"Do, cofia. Y peth gora wnes i 'rioed. Mi fuo hen-daid iddi yn helpu i godi'r capal cynta. Fydda i byth yn mynd heibio heb arós am funud neu ddau. Byth. Cofio petha, am wn i. Rwyt titha'n perthyn i Bodlas, cofia."

Wedyn mi fuo'n deud mwy am hen-daid Gruffydd Robaits – hwnnw gafodd 'i achub o'r môr. "Wiliam Siôn oedd 'i enw fo; roedd o'n dipyn o fardd gwlad, yn mynd i ffeiriau ac yn canu baledi mewn gwylia mabsant ac ati. Wedyn mi gafodd dröedigaeth – cael ei achub yr ail waith, fel petai! Troi i sgwennu emyna ddaru o wedyn. Mi glywis i fod mynd mawr ar un ohonyn nhw. Rhwbath fel hyn:

Mae cerbyd y Brenin ar ddyfod,
O! dewch, bererinion y ffordd.

Neno'r annwl, daeth tro ar fyd . . . Bess!" medda fo reit chwyrn, fel tasa fo newydd gofio bod isio nôl oen.

Fuo ni ddim gwerth cyn cyrraedd llidiart Bodlas Ucha. "Dos i'w hagor hi," a finnau'n gneud. Wrth imi fynd yn ôl i'r car, dyma foto mawr yn dŵad i lawr o gyfeiriad y tŷ. Roeddwn i'n meddwl mod i wedi'i weld o o'r blaen. Ond stopiodd o ddim, dim ond mynd ar ei union yn groes i lôn bach oedd gyferbyn.

"I lle mae lôn 'na'n mynd, Dad?"

"Dim ond i Bodlas Bach."

"Fanno mae'r lan-môr?"

"Ia, os wyt ti'n galw mymryn o draeth c'regog yn lan-môr."

Roedd Gruffydd Robaits yn dŵad o'r beudy fel yr oeddan ni'n cyrraedd.

"Yr heffar goch ar ben 'i hamsar," medda fo.

Wedi sgwrsio tipyn am y peth yma a'r peth arall, dyma Dad yn deud, "Chdi bia'r moto crand welis i wrth giât y lôn?"

"Fi? Go brin! Moto Syr Norman Watts ydi o. Mae'r ferch yn dysgu chwara draffts efo Eric ni. Tipyn yn unig iddi hi, draw yna."

"Be ti'n feddwl – draw yna?"

"Chlywist ti ddim? Syr Norman wedi prynu Bodlas Bach. Am 'i neud o'n lle iddyn nhw ddŵad, rŵan ac yn y man. Maen nhw yno 'rwsnos yma."

Mi welis i ar wep Dad nad oedd y newydd yn ei blesio, ond mi aethon i siarad am betha erill, pris y tatw, y c'neua – a defaid. Myheryn yn benna.

Clywed y siarad ddaru Jane Robaits, mae'n debyg. "Dowch i'r tŷ am banad, ych dau," medda hi o ben y drws. "Dowch o'na, mae'r teciall newydd ferwi. Mi fyddi'n licio tartan fwyar duon, Rolant?"

Gwthiodd Gruffydd Robaits y cwch i'r dŵr. "Ia, dowch. Mi ddo i hefo chi. Faswn i ddim yn cael tartan, fel arall. Rhwyma ben y ferlan yn fan 'na, Edwart; mi fydd yr oen yn iawn yn y ffolt tra byddwn ni'n gwledda."

Wedi gorffan te, dyma Dad a Gruffydd Robaits yn codi i fynd allan. "Lle mae Eric?" meddwn inna wrth Jane Robaits.

"Mae o yn y parlwr bach, yn dysgu Cynthia i chwara draffts. Wyddet ti fod o yn y tîm draffts yn y Cownti Sgŵl? Dos trwodd atyn nhw."

Ac mi es. Roeddwn i am gael gweld yr Hogan Bach eto! Mi 'rosais am funud cyn agor y drws; clywad siarad a chwerthin.

59

Dyma fi'n agor y drws a mynd i mewn. Mi sbiodd Eric arna i fel tasa 'nhrwyn i'n lathan o hyd.

"Well, well, Rowland!" medda fo. "What brings you here?" I be oedd isio siarad Seusnag? "Dŵad hefo Dad i nôl oen myharen," medda fi, ond ar yr Hogan Bach roeddwn i'n sbio. "Helô," medda fi wrthi hi.

Mi 'drychodd arna i am eiliad cyn troi at Eric. "My move, not yours," medda hi.

Roeddwn i'n teimlo fel taswn i wedi cael swadan ar draws 'y ngwynab, ac mi drois a mynd allan. Mi anghofis ddeud 'Diolch' wrth Jane Robaits, hefyd.

Roedd Dad a Gruffydd Robaits newydd lwytho'r oen ac wedi rhwymo'i draed o rhag iddo fo neidio allan.

"Ydi," medda Dad, "mae'n rhaid deud 'i fod o'n chwip o oen, ond 'i fod o'n rhy ddrud o ddim rheswm."

"Paid â rwdlan. Mi fyddi wedi newid dy gân ymhen blwyddyn, gei di weld," medda Gruffydd Robaits. "Mi fydd o'n un da i ti, mi wranta, llawn cystal â'i dad a'i daid. Mi fydd, yn siŵr i ti. Peth mawr ydi llinach. Rŵan, gwesyn," medda fo wrtha i, "neidia i'r car yna imi gael rhwymo dy draed ditha." A chwerthin yn harti. Dyma fo'n rhoi'i law yn 'i bocad. "Hwda. Dyma iti geiniog neu ddwy, iti gael prynu da-da yn siop Martha Owen."

Ac i ffwrdd â ni. Wedi inni gyrraedd y lôn, a finnau'n cau'r llidiart, mi duthiodd Bess yn hwylus. Meddwl am yr hogan bach roeddwn i, un ych-a-fi oedd hi wedi'r cwbl, a dim rhyfadd imi weld gwynab gwrach gynni hi yn yr hunlla!

Heb feddwl, mi rois i gic i'r oen, a dyma fo'n codi'i ben a rhoi cŵyn isel, fel cysgod bref. Roedd o'n swnio'n dorcalonnus i mi, a dyma fi'n dechra meddwl amdano fo yn gorfod mynd i ganol defaid diarth, ddim yn perthyn i neb ohonyn nhw, a dim un wan jac ohonyn nhwtha'n gwbod dim am 'i hanas o a'i deulu. Tybed oedd o'n teimlo hiraeth? Mi blygais ymlaen i roi o-bach iddo fo.

Doedd gin Dad fawr ddim i ddeud, ddim fel yr oedd wrth inni fynd i Bodlas. Pan oeddan ni yn ymyl y Capal Batus, dyma fo'n rhoi ochenaid ryfadd.

"Dydach chi ddim am stopio, Dad?"

"Stopio? I be dŵad? Rhwbath o'r gorffennol ydi o; mae o'n fyd newydd rŵan." Mae'n anodd dallt Dad weithia.

"Diar, diar," medda fo, "newid! Newid mawr."

"Be sy, Dad?" gofynnais. "Pa newid sy 'na?"

"Wel y Syr 'na yn meddiannu Bodlas Bach ac yntau'n gwbod un dim am y lle na'i hanas, mi ddyffeia i di. Ia, newid; ac nid er gwell."

"Ond doedd neb yn byw yno, ac mi fydd 'na rywun i edrach ar 'i ôl o rŵan," meddwn inna.

"Mae mwy nag un ffordd o edrach ar ôl petha." Edrychodd ar yr oen, wedyn arna i. "Mi glywist Gruffydd Robaits yn sôn am dad a thaid hwn," a rhoi'i droed yn ysgafn ar grwmp yr oen. "Deud oedd o y bydd hwn yr un fath â nhwtha. Llinach oedd ei air o, os cofi di . . . Wyddost ti be 'di llinach?"

Dew, na wyddwn i . . . ddim yn iawn. Roedd o'n swnio'n debyg i linyn, rhywsut, a dyna ddeudis i wrtho fo.

"Llinyn! Diaist i, syniad da, llinyn. Clymu petha fyddi di efo llinyn, yntê? Clymu petha." Mi fuo'n ddistaw am sbel wedyn a chnoi'i fwstás, ac mi wyddwn i'n well na thorri ar 'i draws o pan oedd o'n gneud hynny.

Toc dyma fo'n deud, "Wyt ti'n cofio fi'n sôn am yr hen fardd hwnnw gynna, Wiliam Siôn? Mi anghofis i ddeud mai yn Bodlas Bach yr oedd o'n byw; ac roedd o'n addurn i'r ardal, fel roedd y sôn. Brensiach annwl, straglars diarth fel y rhain yn nythu yno rŵan!"

Mi aeth yn 'i flaen i ddeud rhwbath am Mam hefyd yn perthyn i'r hen fardd hwnnw, a dechra enwi pobol na wyddwn i ar wynab y greadigaeth pwy oeddan nhw. Siarad efo fo'i hun yr oedd o.

Mi aethom yn ein blaena am filltir neu ddwy heb dorri gair,

a Bess yn trotian yn braf heb i neb gyffwr yr awena, a'i phedola hi'n taro'n galad ar y lôn. Roedd hi'n dallt, debyg, mai adra roedd hi'n mynd, ac mae pob merlan yn licio mynd adra.

"Rwyt ti'n gweld be sgin i, yn dwyt?" medda Dad, toc; ond doeddwn i ddim. "Trio deud be sy'n gneud cymdogaeth . . . nid bod pobol yn digwydd byw yn ymyl 'i gilydd . . . A'r Syr 'ma a'i siort . . . mi fyddan yn colli'u lliw hydan ni i gyd, pob un ohonon ni, os na fyddwn ni'n ofalus. Diolch nad oes dim llawar ohonyn nhw. Drych o dristwch, chwadal yr hen Eban."

A dyma fi'n dechra meddwl am y parlwr bach ac am Eric yn dysgu draffts i'r hogan ddiarth, a hitha'n neidio'r darn du dros un gwyn Eric a'i gymryd o. Hen le oer ydi'r parlwr bach.

"Dad? Roedd Eric yn 'y ngalw i'n Rowland hiddiw a siarad Seusnag efo fi."

"O! Pam, felly?"

"Am fod yr hogan bach efo fo."

"Grym annwl! Seithennyn arall eto fyth." Ysgwyd 'i ben ddwywaith neu dair. "Dim ond twll bach sydd 'i angan i adal digon o ddŵr trwyddo fo i foddi gwlad gyfa."

Ro'n i'n gwybod am Seithennyn, roedd Miss Hughes wedi deud yr hanas wrtho ni yn Rysgol, ond roeddan ni'n mynd heibio'r winllan lle'r oedd y Cawr Teirllath yn arfar byw, a dyma fi'n meddwl tybad fasa blas drwg ar 'i geg o tasa fo'n byta'r hogan bach. A be tasa fo wedi dŵad ar ein traws ni pan oeddan ni'n chwara London, fasa fo wedi byta John Ifor a fi a Gwen a'r lleill? Wel tasa fo wedi gneud hynny, fasa ni ddim wedi gweld y moto mawr, na fasan? A tasa ni heb 'i weld o, fasa fo wedi dŵad yno o gwbl? Ew, peth gwirion ydi meddwl gormod; mae'ch pen chi'n mynd i grynu i gyd fel injian falu.

Roedd Bess wedi troi o'r lôn bost i'n lôn bach ni ac yn mynd yn bwyllog at y tŷ heb i Dad na fi sylwi.

CIG I GINIO

Wn i ddim lle mae Mam mor hir heb ddŵad yn ôl. Mae hi wedi mynd ers ben bora. "Picio i nôl tipyn o gig at ginio," meddai hi, "fydda i ddim yn hir." A dyma hi'n troi'n ôl cyn cyrraedd y drws. "A pheidied neb ohonoch chi â mynd at y drws, rydach chi'n llawer rhy ifanc," meddai, a throi ataf fi. "Gofala, rŵan. Ti ydy'r hyna."

Wel, ia, fi ydy'r hyna. Ond does fawr o wahaniaeth rhwng y tri ohonom o ran hynny. Arna i mae'r cyfrifoldeb, debyg.

Doedd hi ond newydd fynd ers ychydig amser pan glywais i'r sŵn. Dŵad i fyny o'r cwm roedd o, ac mi wyddwn yn iawn beth oedd o hefyd. Roedd o wedi mynd heibio ddoe, a Mam yn deud mai cŵn hela a dynion ar geffyla oedd yn mynd heibio. Mi aethon heibio heddiw eto, i gyfeiriad y Garn, ac o fewn dim roedd y sŵn wedi chwyddo'n fawr fel tasa pob un wedi mynd yn wallgo. Udo dros y wlad. Ac mi feddyliais mod i'n clywed un yn gweiddi mewn poen, bron fel tasa fo'n cael ei ladd. Meddwl oeddwn i.

Mi ges i dipyn o drafferth efo fy chwaer; roedd hi'n mynnu mynd at y drws, a bu'n rhaid i mi ei gwthio'n ôl fwy nag unwaith. Mi aeth i'r gornel bella wedyn, a gneud sŵn crio diflas.

"Be sy'n bod arnat ti?" meddwn i, "yn gneud sŵn drwg fel'na."

"Isio bwyd ydw i," medda hitha. "Mae mol i'n brifo."

"Wel pam nad ei di i gysgu 'run fath â dy frawd bach,"

63

meddwn i. "Dyna'r peth calla i neud dan yr amgylchiada." Mi roedd o yn cysgu'n sownd yn ei gornel.

Mae mol innau'n brifo hefyd, ac mi fasa'n dda calon gin i weld Mam yn dŵad adra. Wn i ar y ddaear be sy'n ei chadw. Dydi o ddim yn debyg iddi hi.

Mi rois i bwniad i mrawd bach gynna, ond doedd dim posib ei ddeffro. Roedd o'n oer, oer hefyd; yn oer fel carreg.

Mi faswn i'n licio mynd i gysgu. Mae fy chwaer yn cysgu'n drwm ers meitin, ac mae'n dda cael gwared o'r sŵn crio diflas. Ond gwell i mi gadw'n effro nes daw Mam adra. Fydd hi ddim yn hir, bellach, gobeithio.

Mae hi wedi t'wllu rŵan, hefyd, a dim llewych o ola o gyfeiriad y drws. Rydw i'n dechra cael meddylia annifyr. Beth tasa rhywbeth wedi digwydd i Mam? Be tasa hi ddim yn dŵad yn ôl – byth? Be fasa'n digwydd wedyn i lwynog bychan, unig?

BLE MAE LIAM?

Buasai'n dda calon gan Einir gyrraedd Dun Laoghaire. Doedd ganddi ddim cŵyn yn erbyn y tywydd y tro hwn – roedd y môr yn llyfn fel lliain bwrdd, ac ŵyn bach o gymylau yn yr awyr las. Yn goron ar y cwbwl, roedd yr haul yn gynnes, gynnes ac ystyried ei bod hi'n ail hanner Awst. Ond teimlai Einir yn anesmwyth.

Braidd yn hwyr oedd yr "HSS," fel y galwai pobol hi, yn gadael Caergybi, ac yn ôl wats Einir roedd hi bron yn hanner awr wedi naw arnynt yn mynd heibio trwyn y morglawdd ac am y môr agored.

Aeth i fyny i'r Restaurant i gael ail frecwast. Roedd y cyntaf, os gellid galw dysglaid o Special K a thamaid o dost yn frecwast, yn bell yn ôl erbyn hyn. Eisteddodd wrth fwrdd hwylus. "May I take your knapsack, Miss?" gofynnodd y gweinydd. Ond na. Gwell ganddi ei roi rhwng ei thraed dan y bwrdd. Fedrwch chi ddim bod yn rhy ofalus y dyddiau hyn.

Cafodd gyfle i sylwi ar bobol eraill – rhywbeth oedd wrth ei bodd. Dyna'r wraig ifanc, drwsiadus iawn yn wir, efo dau o blant anystywallt. Lle'r oedd y gŵr nad oedd o yno i helpu? A'r dyn canol oed ddaeth i eistedd heb fod ymhell oddi wrthi. Dyn busnes, gellid tybio, efo siwt dywyll a choler a thei. Y gwallt yn dechrau britho ychydig. Meddyliodd Einir iddi ei weld yn ei llygadu unwaith neu ddwy. "Paid â bod yn hurt," meddai. "Nid stiwdant yn Aberystwyth ydi hwn. Callia!" Diddorol oedd sylwi ar y ddwy leian. Syniai Einir am leianod fel hen ferched crablyd, ond roedd y ddwy yma yn ifanc, ac yn siarad pymtheg yn y dwsin, a chwerthin. Beth wnaeth i rai fel nhw fynd yn lleianod?

Ond eto i gyd teimlai ychydig yn euog yn eistedd yma mewn cysur. Nid lle i fyfyrwraig newydd orffen ei hail flwyddyn oedd o, rhywsut. Byddai gan ei ffrindiau yn Neuadd Pantycelyn rywbeth i'w ddeud, yn enwedig un fel Buddug Clydach. "Hy! Smo coffee-bar yn ddigon da nawr te?" Ond clec ar fawd i bawb. Roedd ganddi bres yn ei phoced ac roedd am fwynhau ei hun. Siawns na fyddai ganddi fwy cyn gweld Caergybi eto. Dim ond i bethau fynd yn iawn.

A meddwl am bres, lle'r oedd Liam? Pan oedd o yng Nghymru bythefnos yn ôl, gofynnodd hi iddo gael stafell iddi yng ngwesty Harcourt.

"O! Gwesty y tro yma?" gofynnodd, dan chwerthin.

"Tipyn o gysur yntê, gan y medra i fforddio rhywbeth gwell na B&B yn rhywle fel Rathgar."

Roedd wedi ceisio ei ffonio sawl gwaith ddoe, i weld oedd ei stafell yn iawn, ond doedd dim ateb. Rhyfedd. Croesodd ei meddwl rŵan, tybed oedd o wedi mynd i Ballymena? Roedd wedi sôn am y lle, a dweud fod ganddo "joban" yno, ond ni wyddai hi fwy na hynny. Gobeithio y byddai'n ôl mewn pryd, heddiw.

Doedd dim i'w wneud ond disgwyl. Pedwar o'r gloch ddwedodd o, i gyfarfod yn Bewley's. "Pam fan'no?" holodd hithau. "Bwyty'n berwi o bobol. Fasa'n well mynd i le bach tawelach."

"Dim o gwbl," oedd yr ateb. "Os wyt ti am fod yn incognito, crowd amdani." Roedd y gair *incognito* yn un o'i hoff eiriau. "Fydd neb yn sylwi arnat ti mewn crowd."

Wedi gorffen ei phryd aeth i chwilio am le i eistedd, a phrynodd gopi o'r *Irish Times* i'w ddarllen. Eisteddodd mewn lle braf i gael gweld allan gan roi ei sgrepan yn saff rhwng ei thraed unwaith yn rhagor.

Agorodd y papur newydd. Ar draws y dudalen flaen yr oedd llythrennau mawr duon:

CITY OF GRIEF

Yesterday Omagh was counting the cost. Silent groups stood around gazing at the blood-splattered pavement, the shattered glass and the twisted railings, following the atrocity of the previous day.

Caeodd Einir ei llygaid wrth feddwl am y metel poeth, miniog yn gwanu cnawd tyner.

Dyna sy'n digwydd mewn rhyfel, meddyliodd, a rhyfel oedd hwn.

Gwelodd fod y Dyn Busnes wedi dod i eistedd heb fod ymhell, ac aeth ias o dymer ddrwg drwyddi. Oedd o'n ei dilyn? Ond roedd gan y dyn hawl i eistedd yno, debyg!

Ymhen ychydig, ailgydiodd yn y papur, ac wrth droi'r tudalennau gwelodd bennawd arall mewn print mwy cyffredin; un a wnâi iddi anesmwytho.

North Wales Man Arrested

A middle-aged business man from Colwyn Bay was yesterday charged with the attempted abduction of a female student in Dublin.

Yn ddiarwybod iddi ei hun, aeth llygaid Einir at y Dyn Busnes. Roedd yntau'n darllen papur newydd – un pinc: y *Financial Times*, fwy na thebyg. Ond roedd amheuaeth wedi deor ym meddwl Einir, a phenderfynodd fynd am dro.

Roedd y siop yn denu. Mynd mawr ar y diodydd, wrth gwrs, ond at stondin yn arddangos y gair PARFUMS yr aeth Einir. Gwell gair na Perfumes, mae'n siŵr! Ond am brisiau!

Yn sydyn, daeth gorchymyn dros yr uchel-seinydd ar i bawb fynd at eu ceir; aeth hithau at yr allanfa i deithwyr ar droed.

O'r diwedd roedd hi ar dir Iwerddon a cherddodd ar draws y sgwâr at orsaf y rheilffordd; wrth fynd, sylwodd ar y Dyn Busnes yn siarad efo un o swyddogion y porthladd.

"Ta-ta," meddai wrthi ei hun, "a gwynt teg ar dy ôl." Teimlai'n ysgafnach wrth droi cefn arno.

Ni fu'n rhaid iddi aros yn hir cyn i'r "Dart" gyrraedd, ac o fewn ychydig funudau yr oedd yn disgyn yng ngorsaf Stryd Pearse. Meddyliodd beth fuasai hen wron gwrthryfel Pasg 1916, Padraig Pearse, yn ei ddweud heddiw, tybed? Balch iawn o weld ei hoff Iwerddon mor ffyniannus, yn sicr. Ond beth a ddywedai am Omagh? Beth am Omagh?

Aeth yn ei blaen am ychydig cyn troi i un o'r strydoedd bach ar y chwith, a mynd i dafarn The Fiddler's Rest, lle enwog am fwyd môr, a hefyd am rywbeth oedd yn bwysicach na hynny i Einir. Dyma un o'r ychydig lefydd yn Nulyn lle y gellid clywed yr iaith Wyddeleg yn rhan naturiol o sgwrs.

Roedd y lle yn llawn. Craffodd drwy'r gwyll nodweddiadol a'r mwg, a gwelodd fwrdd lle'r oedd cadair wag, a dim ond dwy ferch wrtho. Aeth atynt.

"May I join you?"

"You're very welcome," meddai'r ferch bryd tywyll, ac wrth ei gweld yn rhoi ei sgrepan wrth ei thraed, gofynnodd y llall, "You travelling?"

"Una was born inquisitive," meddai'r gyntaf.

"I'm not, Máire," protestiodd hithau, "I'm only asking."

Bu'n rhaid i Einir chwerthin. "Only a few days," meddai, gan ddweud ei bod am fynd i Bray yn nes ymlaen ac yfory, efallai, i Glendalough.

Ond doedd y ddwy ddim yn gyfarwydd iawn â'r ardaloedd hynny; rhai o'r gorllewin oeddan nhw. "From County Clare – the best in Ireland and so the best in the whole world. And we've come to this wicked wonderful city to work."

Roedd y ddwy mor gynnes fel y teimlai Einir yn gartrefol ar

un waith, ac roedd yn ddrwg ganddi eu gweld yn mynd. "Work calls," a ffarwelio.

Beth oedd eu gwaith, tybed? Roedd y ddwy mor smart, yr hyn fuasai ei thad yn ei alw'n "flewyn da." Swyddfa? Banc? Coleg y Drindod, gerllaw? Beth bynnag, yr oedd hi, yn ei chrys-T a'i jîns, yn flêr iawn wrth ochr y ddwy o'r gorllewin.

Teimlai Einir yn ysgafnach wedi cael cwmni'r ddwy ferch fyrlymus, ac anghofiodd am y dyn annifyr ar y llong, hyd yn oed. Edrychai ymlaen at brynhawn hamddenol cyn cyfarfod Liam am bedwar o'r gloch.

Roedd yr haul wedi diflannu erbyn iddi fynd allan i'r stryd, a lliw llwyd yr awyr yn darogan glaw cyn bo hir. Croesodd ei meddwl i roi caniad i'r gwesty i wneud yn siŵr fod ystafell ar gael, ond barnodd mai doethach oedd peidio. Gwell o lawer oedd stelcian o gwmpas siopau ffasiynol Stryd Grafton.

Prin ei bod wedi mynd hanner canllath cyn gweld y wisg mewn ffenest siop ddethol iawn ei golwg. Gwisg laes o liw melyn cyfoethog, a gwregys du efo dwy gynffon yn addurn. Gosodwyd hi i orwedd yn osgeiddig ar draws hen gadair freichiau Wyddelig hardd, heb un dim arall yn y ffenest ar wahân i botyn mawr o grochenwaith Tara yn dal blodau o'r un lliw â'r wisg. Nid oedd dim mor ddi-chwaeth â cherdyn i ddangos pris, wrth gwrs! Camodd yn ôl i gael golwg ar enw'r siop: 'Gallagher Frères – Couturiers.' Y gymysgfa iaith yn dangos hunanhyder, debyg, ac yn dangos ar yr un pryd nad siop rad oedd hon. Pwy fyddai'r ferch ffodus i wisgo hon ar achlysur o bwys, tybed? Nid hi, Einir, yn siŵr. Ond rhyw ddydd, rhyw hyfryd ddydd, pwy wyddai . . . ond i bethau weithio "er daioni".

Yn ei blaen wedyn. Boutiques, dillad dynion, llyfrau, gemydd. Yfai Einir yr awyrgylch foethus wrth gerdded yn hapus i gyfeiriad Bewley's.

Ond roedd yn rhaid aros unwaith eto i edmygu'r cerflun. Y ferch ifanc yn gwthio'i chert bach heb symud modfedd.

Ceisiodd gofio'r gân, a'i chanu'n ddistaw iddi ei hun:

> In Dublin's fair city
> Where the girls are so pretty . . .

a beth wedyn? Dym-dym di-di dym, Dym dym di-di dym. Rhywbeth nad oedd neb i ddal cannwyll i Molly Malone wrth iddi . . . wrth iddi . . . – ie,

> Wheels her wheel-barrow
> Through streets wide and narrow,
> Crying, 'Cockles and Mussels
> Alive, alive-oh'.

Pwy oedd y cerflunydd a wnaeth waith mor wych, tybed? Y wisg gyffredin, a'r het feddal yn cysgodi wyneb bach tlws. Edrychodd yn fanwl ar wyneb Molly. Oedd yna awgrym cynnil o dristwch o gwmpas y llygaid? Hi oedd yn dychmygu, efallai, ond rhoddodd ei llaw yn ddifeddwl ar fraich galed y ddelw, a theimlai'r metel yn oer a llyfn dan ei bysedd.

Ond pwy oedd Molly Malone? Beth oedd ei hanes? Ymhle yn Nulyn oedd hi'n byw? Tybed a oedd rhai o'i theulu yno o hyd? Mae'n bosibl bod rhywun.

A gwelodd Einir rywbeth nad oedd wedi sylwi arno o'r blaen. Na, nid gwisg ar gyfer achlysur o bwys, ond eto, gwisg oedd yn ymddangos yn well na dillad gwaith, a braidd yn . . . beth ddywedai rhywun? . . . braidd yn ddadlennol? Oedd Molly yn gwerthu rhywbeth heblaw pysgod cregyn?

Y fflach ddaeth â hi yn ôl i'r byd o'i chwmpas . . . Americanwr mewn crys blodeuog wedi tynnu ei llun, a throdd ar ei sawdl, fel 'sgyfarnog o flaen milgi. Dam, dam, dam! Damio fo a'i gamera! A doedd wybod i bwy y dangosai'r llun, ac roedd hynny'n boen i Einir.

Deng munud i bedwar, a safai o flaen ffenest bwyty Bewley gan ryfeddu at yr amrywiaeth o de a choffi oedd ar gael yno, heb sôn am ddanteithion eraill. Yna camodd i mewn.

Yn syth bìn, boddwyd hi gan y sŵn – clebran, siarad, chwerthin, tincial llestri – tebyg i'r môr yn torri ar draeth Clarach. Gwelodd fwrdd gwag a brysiodd ato, gan eistedd i wynebu'r drws, er mwyn gweld Liam pan gyrhaeddai; gosododd y sgrepan yn ofalus rhwng ei thraed. Ni fyddai raid disgwyl yn hir. "Pedwar o'r gloch," ddywedodd o, a hynny'n golygu pedwar, nid cyn pedwar nac wedi pedwar. Roedd bod yn fanwl yn ail natur i Liam.

O fewn dim yr oedd gweinyddes wrth ei hymyl, ond esboniodd Einir ei bod yn disgwyl ffrind ac am aros cyn archebu. Gwelodd fyrddaid o ddynion heb fod ymhell, â phapurau a ffeiliau o'u blaenau. Dod i drafod rhywbeth uwchben paned, yn amlwg. Ond merched oedd mwyafrif y cwsmeriaid – merched canol oed, da eu byd, wedi bod yn siopa a throi i mewn am glonc a dadberfeddu sgandalau efo'u ffrindiau uwchben "te prynhawn" cyn troi am eu cartrefi. Bywyd braf, meddyliodd Einir, ond diflas hefyd. Pob gwefr drosodd.

Edrychodd ar ei wats. Newydd droi pedwar. Unrhyw funud, rŵan. Doedd o ddim wrth y drws eto, dim ond pobol yn mynd a dod. Cysurodd ei hun mai fo, nid hi, drefnodd y cyfarfod, a'i fod yn eiddgar iddi fod yno mewn pryd – dim bai arni hi am fod yn hwyr! Byddai yma unrhyw funud.

Erbyn deng munud wedi pedwar, roedd hi'n dechrau pryderu. Dyna pryd y daeth y weinyddes ati eilwaith, a gofynnodd Einir am goffi, yn un peth fel cysur iddi ei hun, er nad oedd arni awydd dim byd, ond llawn cyn bwysiced i gadw'r ferch yn ddiddig. Edrychai tua'r drws bob ychydig eiliadau, ond doedd dim i'w weld yno ond pobol. Pobol yn mynd . . . pobol yn dod, a dau aelod o'r Garda yn sefyll yn y drws, gyda'r unig amcan, gellid tybio, o fod yn rhwystr i eraill. Roedd y ferch bron cyn daled â'r dyn.

Cymerodd Einir lwnc neu ddau o goffi rŵan ac yn y man,

ond roedd ei phryder yn cynyddu. Peth annisgwyl iawn oedd iddo fod mor hwyr, a cheisiai gofio ei union eiriau cyn iddo gychwyn yn ôl i Iwerddon bythefnos yn ôl. Doedd gwasgu'r sgrepan, hyd yn oed, yn rhoi fawr o gysur iddi bellach. "Lle mae o?"

Pwysodd ei phen yn ei dwylo am ychydig eiliadau, ac wrth ei godi fe'i gwelodd. Roedd y Dyn Busnes o'r llong yn cerdded tuag ati a neidiodd ei meddwl yn syth i Fae Colwyn. Ond nid oedd am gymryd dim o'i lol, a phe byddai raid roedd y Garda wrth law, drwy lwc.

Daeth y dyn at y bwrdd. Roedd llais Einir cyn oered â iâ'r gogledd. "That chair is taken. My friend will be here any minute."

Eisteddodd y dyn. "Prynhawn da . . . Einir." Syllodd hithau mewn syndod – a sioc. Cymraeg! A sut y gwyddai ei henw?

"Disgwyl eich ffrind, Liam, ydych chi? Liam Malone?" Ni fedrai Einir yngan gair; roedd ei cheg cyn syched â nyth pathew. "Mae arnaf ofn na ddaw o. O! Maddeuwch i mi. Rwy'n anghwrtais yn peidio â chyflwyno fy hunan." Oedodd eiliad. "Michael O'Reilly o Wasanaeth Cudd y Weriniaeth. Mae Liam ar ei ffordd i Belfast, wyddoch chi. Wedi bod yng Ngorsaf y Garda trwy'r dydd ddoe yn ateb cwestiynau. Ac mae heddlu Belfast yn awyddus i gael atebion hefyd."

Curai ei chalon fel gordd, a'r gwaed yn ffrydio i'w hwyneb, cyn treio drachefn a'i gadael fel y galchen. Doedd hi ddim yn siŵr beth ddywedodd y Swyddog, ond gwelodd o'n troi at y drws a rhoi arwydd, a daeth y Garda i lawr atynt.

Gwyrodd Mr O'Reilly dros y bwrdd a gostwng ei lais; sibrydiad, bron. "Einir," meddai, oes yna rywbeth arall yn y bag 'na – heblaw dillad nos a phethau 'molchi? Mmmm?" Dim ateb. "Doleri, hwyrach? Lot o ddoleri. Cannoedd, miloedd efallai?" Newidiodd tôn ei lais. "I helpu Liam a'i debyg i wneud mwy o anfadwaith, yntê?"

Plygodd Einir ei phen. Yna clywodd y Swyddog yn dweud, "Sergeant, I think Miss Davies should come to the Station with us for a serious talk."

Gafaelodd y blismones ym mraich Einir a'i thywys at y drws. Roedd bwyty prysur Bewley cyn ddistawed â mynwent nes i bawb glywed llais y weinyddes, "She hasn't paid for her coffee."

Trodd O'Reilly yn ei ôl a rhoi punt ar y bwrdd, ond chwifiodd y ferch y papur yn ei wyneb, "And isn't coffee one pound thirty?"

Ni chlywodd y Swyddog hi wrth iddo frysio ar ôl y lleill, allan i'r stryd lle'r oedd y car yn eu disgwyl.

WYTHNOS HIR : WYTHNOS FER

Dyddiadur (dychmygol!) Gwenda, un o staff Swyddfa'r Eisteddfod Genedlaethol.

HWYR NOS SADWRN

Rydw i'n sgwennu hwn yn fy mhyjamas. Ydi, mae hi'n amser gwely, a blino neu beidio, rhaid llenwi'r dudalen wag yma. Pam? Wn i ddim – i gael chwythu stêm, debyg.

Roedd y Bòs mewn hwyliau diawledig bora 'ma. Wedi siarsio'r staff ddoe i fod yn brydlon, bod yn y Swyddfa erbyn hanner awr wedi wyth fan bella. "Os na fedrwn *ni* fod yn brydlon ar ddiwrnod cynta'r Eisteddfod, sut mae disgwyl i bobl ein cymryd ni o ddifri?" Ac yn y blaen ac yn y blaen.

Dim ond newydd droi chwarter i naw oedd hi pan gyrhaeddis i'r bore 'ma, ond roedd O yno, mwyn tad, a dyma bryd o dafod am hatgoffa o bethau fel 'dyletswydd' a 'chyfrifoldeb' ac wn i ddim be arall. Tydi o ddim yn cofio'n bod ni wedi bod wrthi tan hwyr y nos ers dyddiau? Ac mae hyd yn oed rhywun fel fi yn blino. O wel, dwi'n gweld wythnos hir, hir o 'mlaen. Hir a diflas.

"Paid â chymryd atat," meddai Elsi. "Tria gofio cymaint o straen ydi hi arno fo, hefyd; mae'n siŵr fod ei nerfa fo'n rhacs. Hy! Hawdd iddi hi siarad; mae hi'n gweithio yma ers cyn co Gwyn Alff.

A ches i fawr o frecwast, chwaith. Mae Mrs Thomas, lle'r ydw i'n aros yr wythnos yma, yn glên ofnadwy. "Mi gewch wy wedi'i ferwi," meddai hi, "mi fydd yn sgafnach na chig moch a sosej, a chitha â chymint i neud."

"Dim ond tost a choffi, Mrs Thomas bach," meddwn innau. "Galwch fi'n Janet," meddai. Ond sut y medr neb alw hen wraig dros ei chwe deg wrth ei henw cyntaf?

Wel, prun bynnag, wedi iddo FO fynd i'w stafell, dyma fi'n mynd i neud panad i mi fy hun, ac mi welis frechdanau roedd y Merched Croeso wedi'u rhoi dan cling-ffilm ar gyfer y Pwysigion. Fasa nhw ddim yn colli un neu ddwy, siawns. Dim ond un wy ac un ham gymais i. Roeddwn i'n teimlo'n well wedyn.

Toc, dyma nhw'n dechrau cyrraedd. Disgwyl i bawb redeg iddyn nhw fel gwartheg o flaen robin gyrrwr. "Gan fy mod i ar y Cyngor, yntê . . ." "Rhaid i mi, fel aelod o'r Orsedd . . ." O rhaid, mae'n siŵr. A dyna'r dyn bach coch yna o Gwm Cynon neu rywle, yn pwyso yn eich erbyn chi bob cyfle gaiff o. Ych a fi!

Diolch i'r drefn, daeth rhywun i'w galw nhw i fynd "trwodd" er mwyn bod yn barod i fynd i'r Seremoni Agoriadol. Gobeithio eu bod nhw i gyd wedi llnau eu dannedd yn iawn, rhag ofn i'r camera teledu roi clôs-yp arnyn nhw'n gwenu.

Fy anlwc i oedd digwydd bod yn y Swyddfa Allanol pan ddaeth y ddynes fawr a'r dyn bach i mewn. Wyddai Deiniol ddim yn iawn sut i'w trin nhw – wel, chwarae teg, dim ond wedi dŵad i helpu mae o. Mae o'n dŵad bob blwyddyn ers tro, o rywle ym Mhen Llŷn – Nanhoron, dwi'n credu. Beth bynnag, mi drodd ata i am help.

"Mrs Jenkin Jenkins odw i," meddai hithau, "a dyma Mr Jenkin Jenkins. Mae golwg eitha effisient arnoch chi, ac wy'n siŵr y gallwch helpu." (Piti na fuasai'r Bòs wedi clywed y canmol!)

A dyma fi'n gofyn yn fy null tu-ôl-i'r-cownter gorau, "Be 'di'r broblem, Mrs Jenkins?"

"Wel," meddai hi, ac mi welwn fy mod am gael stori hir. "Mae Mr Jenkins 'ma yn aelod o'r Orsedd – Siencyn o'r Foel, wyddoch – a smono fe 'di cael ticed bwyd ar gyfer dy' Llun. Yn naddo? (wrtho fo). Ac mae e, fel pawb arall, i fod i gael be mae e i fod i gael."

"Mi fedrwn ni setlo hynna'n sydyn iawn, Mrs James," meddwn.

"Jenkins," meddai hithau.

"Be 'di'ch cyfeiriad cartref chi?"

"Beth yw beth?"

"Eich *address* chi."

"O! *Address*? Mon Abri, Myrtle Avenue, Sketty."

"Diolch. Esgusodwch fi am funud," ac ffwrdd â fi i'r Swyddfa Gyffredinol i chwilio am y llyfr Tocynnau Braint.

Lwc i rywun gael y weledigaeth, flynyddoedd yn ôl, i gadw llyfr o'r fath – mae'n arbed llawer o broblemau dros yr Wythnos Fawr. A dyma droi at y 'J'. O'r diwedd, Jenkins, Mon Abri: un tocyn bwyd, un tocyn mynediad, Llun. Felly Mercher a Gwener.

Yn ôl â fi, efo'r llyfr. Roedd hi'n dal i bregethu, ond fawr neb yn gwrando. Doeddwn i ddim wedi sylwi'n iawn o'r blaen ar y top pinc. BhS, meddwn wrthyf fy hun. Na'r trywsus gwyn. Wel, mi fydda innau'n gwisgo trywsus gwyn weithiau, ond dydw i ddim yn 60+ nac yn 12 stôn. A'r gwallt! Melyn fel aur coeth (cofio dysgu adnod fel'na unwaith). Y cwbl yn donnau chwaethus o bobtu'i phen ac yn disgyn yn daclus ar ei brest. Deniadol iawn i hogan bach, mae'n siŵr.

"Dyma ni, Mrs Jenkins," meddwn.

"O diolch, 'nghariad i. Mi wyddwn eich bod chi'n effisient."

"Yn ôl y llyfr yma, mae Mr Jenkins wedi cael y tocynnau sy'n ddyledus iddo. Dyma ni, drychwch, yn fan hyn," a dangos y llinell iddi. "Mi postiwyd nhw Mehefin 14, fel y gwelwch."

A dyma hi'n bytheirio a deud nad oedden nhw wedi cyrraedd ac yn y blaen, a throi ato fo. "Dewch, Jenkin," meddai. "Mi awn ni i weld rhywun o bwys."

Doedd Deiniol ddim yn fodlon. "Be tasa'r tocynnau heb gyrraedd, ac yntau i fod i gael rhai?"

Yr unig beth ddeudis i wrtha fi fy hun oedd, "Ac mi fasa'n biti mawr iddi *hi* orfod talu am ei the ei hun."

Wel, dyna ddigon rŵan. Gwely – a Huwcyn yn barod amdanaf.

NOS SUL

Mi 'llaswn i fod wedi mynd i'r Gwasanaeth bora heddiw am wn i; doedd fawr ddim yn galw i rwystro hynny. Es i ddim. Wel, nid yn aml y bydda i'n mynd i'r capel adre, felly pam rhuthro heddiw?

Roedd rhai Eisteddfodau ers blwyddyn neu ddwy neu dair wedi dechrau gwneud y gwasanaethau yma'n fwy diddorol – cael grwpiau ac emynau modern a phobl ifanc yn dweud beth oedd ar eu meddyliau; ac mae isio sôn am bobl allan o waith, a chyffuriau a chyflogau isel – a rhyw hefyd, mae'n siŵr. Wedi'r cwbl, maen nhw'n rhan o fywyd. Wn i ddim oedd Iesu Grist yn gwybod am bethau o'r fath ers talwm (ond roedd o'n nabod Mair Magdalen, yn doedd?).

Wel, wel, yr Hen Drefn oedd piau hi heddiw. Parti o'r ysgol leol yn cydadrodd (sori, llefaru) Salm, "Gwyn fyd y rhai perffaith eu ffordd". Siwtio rhai o'r bobl bwysig i'r dim! A Chôr Cerdd Dant yr Aelwyd yn canu geiriau Waldo, "Y Tangnefeddwyr". Mi clywais nhw yn y rihyrsal ddydd Iau, a chanu da oedd o hefyd. Dim rhyfedd, ag Esyllt Gwynedd wedi'u dysgu nhw. Pregeth henffasiwn heddiw, gan y Parch.

77

Iorwerth Thomas; fo ydi Cadeirydd y Pwyllgor Llên, a hen foi iawn, chwarae teg, er ei fod dros ei hanner cant.

Wel, es i ddim. Roedd y Bòs yn dweud bod tua 3000 yno, ac roedd o'n ddigon plês ar bethau. Pawb at ei uwd ei hun. Mae'n well gen i jeli.

Wedi'r Gwasanaeth daeth y Maer, y Cynghorydd Cyril Evans, i weld y Bòs. Roedd rhywun efo fo ar y pryd a gwnes gwpaned o goffi i'r gŵr bonheddig. Hawdd gweld fod rhywbeth wedi'i bigo, ac mae coffi'n dda i ddofi pigiad. Ymhen sbel, i mewn â fo, a bu yno am tua deng munud, ond doedd o fawr siriolach yn dod allan. Nid yn aml y bydd y Bòs yn agor ceg y sach i'r gath ddengyd, ond meddai, "Wir, mae eisiau gras, hyd yn oed ar fore Sul. Cwyno roedd o na fasa ni wedi gwneud casgliad – fel sy'n arferol mewn oedfa, medda fo." Mae'n debyg i'r Bòs egluro nad ydi hynny'n arferol yn y Steddfod, ond dydi esboniad ddim yn siwtio pobl sydd wedi gwneud eu meddyliau i fyny ymlaen llaw, a phwyso ddaru o mor wych fuasai rhannu'r derbyniadau rhwng yr Urdd a'r Cadéts. "A fi ydi Cadeirydd y Cadéts ers dros ddeng mlynedd," meddai.

A bu Dafydd Elis Thomas efo'r Bòs am allan o hydoedd y pnawn yma (siawns na cha i faddeuant am anghofio yr 'Arglwydd'). Mae'n amlwg fod rhywbeth pwysig ar droed. Beth tybed? Pan soniais wrth Deiniol am y peth, ei sylw o oedd, "Tybed ydyn nhw am neud y Steddfod yn bai-ling, yr un fath â Radio Cymru a S4C?"

Wn i ddim beth am hynny, ond mi wn i un peth. Daeth dau o'r negeswyr bach i'r Swyddfa i stelcio am dipyn – cymryd arnynt holi am y peth yma a'r peth arall; dau fachgen tua 14 oed. Mae'r ardal yma yn cael ei chyfri yn "gadarnle'r iaith" fel y mae'r taflenni hysbysebu'n honni. Ond mae gwrando ar rai o'r rhain yn siarad yn peri i rhywun ofyn 'Am ba hyd'? 'So' y peth yma a 'so' y peth arall; "so dyma fi'n deud bod Tracey'n lyfli singer . . ." a'r llall yn dweud wedyn, "so dwi meddwl

78

bod hi gin what it takes". (Beth bynnag ydi hynny!) A druan o'i ffrind nhw, Melvin, wedi cael damwain gan fod "beic wedi mynd dros ben ei droed o".

Dydw i ddim yn cyfri fy hun yn sgolor Cymraeg, ond mae gweithio yn y Swyddfa yma wedi rhoi rhywbeth imi, mae'n siŵr, er nad ydw i'n saff iawn efo rhai pethau. Pa bryd i ddweud "os" a pha bryd i ddweud "pe" ymysg pethau eraill, ond mi wn i nad ydi buwch Gymreig yn fuwch Gymraeg. Dyna pam, hwyrach, y methais â dal a gofyn i'r ddau, "Fyddwch chi'n siarad *Cymraeg* efo'ch gilydd weithiau, hogia?" Y ddau'n sbio arna i fel tasa dau gorn yn tyfu o 'mhen i, a diflannu.

Yn y Swyddfa y bu Mair a finnau heno; rhaid i rywun fod wrth y ffôn, hyd yn oed ar nos Sul. Ond mi glywson beth o'r cyngerdd ar y monitor.

NOS LUN

Pethau wedi dechrau setlo i lawr erbyn hyn. Y tywydd yn wantan a'r rhagolygon yn ansicr. Mynd â'r Orsedd i'r Cylch ddaru nhw y bore 'ma, er bod yr Arwyddfardd yn petruso braidd, rhag ofn iddi ddod yn law.

Bu bron i'r Bòs gael ffit biws heddiw. Y Goron oedd y drwg – neu, yn hytrach, Bardd y Goron. Roedd O wedi sgwennu ato fo (y Bardd) fel at Fardd y Gadair, bythefnos dda cyn y Steddfod – eu llongyfarch ac ati, a rhoi cyfarwyddiadau iddyn nhw. O ie, a "cofiwch alw i 'ngweld i yn y bore, i mi gael eich llongyfarch yn bersonol". (Neu i wneud yn siŵr eu bod nhw ar gael!)

Ond ddaeth dim gair oddi wrth Fardd y Goron – dim smic. Sgwennu eilwaith a ffonio, ond neb ar gael. A dim golwg ohono y bore yma, chwaith. Erbyn amser cinio roedd nerfau'r Bòs yn janglio fel tsaen ci wedi torri'n rhydd. Roedd o'n cerdded yn ôl ac ymlaen fel teigar mewn sw, a'i dymer yn debyg i deigar, hefyd!

A phwy gerddodd i mewn yn hapus braf rhyw hanner awr cyn amser y Seremoni ond y Bardd! Wn i ddim sut y bu hi rhyngddo fo a'r Bòs – aeth y ddau i'r Swyddfa Breifat i ffitio'r Goron rhag iddi syrthio dros ei glustia fo, yntê.

Roeddwn i jest â thorri 'mol isio clywed beth oedd ganddo fo i ddeud. Do, mi aeth y Seremoni'n iawn, a neb ddim callach o'r ddrama *Much Ado about Something* yn y Swyddfa.

Un peth fedra i mo'i ddeall. Os ydi'r Bryddest a'r Awdl yn gyfartal o ran pwysigrwydd, pam y mae mwy o sylw'n cael ei roi i Seremoni'r Gadair nag i un y Goron? Mae gen i flys mynd i'r Cyfarfod Blynyddol a chynnig rhywbeth fel hyn: am dair blynedd, Coron i'r Bryddest a Chadair i'r Awdl; yna am dair arall, Coron i'r Awdl a Chadair i'r Bryddest. Ond mae'n siŵr bod yna resymau pam mae pethau fel y maen nhw. *Mae* rhesymau dros bob dim.

Mewn dŵr poeth heddiw eto. Wedi picio allan i nôl brechdan gig, a sefyll i siarad efo Deiniol wrth fynd trwodd. Pwy ddaeth heibio ond y Bòs. "Lle 'dach chi'n mynd, Gwenda?" gofynnodd. "Os ydach chi'n mynd yn agos at y Theatr Fach, dywedwch wrth Sali Humphreys y baswn i'n licio cael gair efo hi cyn perfformiad Bara Caws."

"Iawn," meddwn innau a diflannu.

Do, mi gefais fy mrechdan gig a gweld Sali. Wrth i mi fynd yn ôl i'r Swyddfa dyma Deiniol yn fy herio. "Brechdan *vegi* gest ti?" "Na, gesia." Dyna lle buom ni'n chwarae rhyw fath o gêm gesio felly, pan ddaeth y Bòs heibio unwaith eto. "Wel wir," meddai reit siort, "does gynnoch chi ddim byd i neud ynghanol yr holl brysurdeb yma? Ydach chi am adael y cwbl i Elsi a Mair?" ac i ffwrdd â fo fel draig wedi myllio, a finnau'n sgrialu'r ffordd arall yn ddigon tinfain.

Adre'n weddol gynnar heno a Mrs Thomas wedi gwneud wy ar dôst i swper. Dweud y gwir, rydw i'n ddigon parod amdano fo, ac mi ga i gyfle i weld beth fydd gan S4C ar ein cyfer ar y rhaglen hwyr, cyn mynd i'r cando.

NOS FAWRTH

Pnawn rhydd heddiw, a chyfle i grwydro'r Maes a gweld cannoedd o hen wynebau. Nabod rhai ohonyn nhw heb gofio'r enw. "Ydach chi ddim yn fy nghofio ar Bwyllgor Apêl Llanfair?" "Wel, ia, wrth gwrs." Ond mae yna gymaint i weld, ac mae'n gwestiwn gen i fedrai unrhyw un weld y cwbl mewn wythnos gyfan.

Mynd i Babell y Cyngor Llyfrau. Newydd brynu hufen iâ, a rhyw swyddog pwysig yn dweud, "Chewch chi ddim dŵad â hwnna i mewn yma." Syndod cymaint o lyfrau sydd ar gael, yn enwedig i blant. Meddwl prynu un o lyfrau Sam Tân i Edryd, hogyn bach Elin fy chwaer. Ond ail-feddwl wrth weld llyfrau Rwdlan ac wrthi'n sbio ar un o'r rheiny pan glywais lais y tu cefn imi, "Rwyt ti'n rhy hen i ddarllen hwnna". Pwy ond Deiniol! "Dwyt ti'm ar ddyletswydd?" gofynnais. Na, doedd o, ddim mwy na finnau, ddim yn 'gaeth' tan chwech.

Dyma ni'n penderfynu mynd i'r Babell Lên i glywed y Beirdd. Gweld ciw hir ac ofni na fyddai yno le. Pwy oedd stiward y drws ond Greg Bach. "Isio'r feirniadaeth ar yr Ysgrif ydach chi?" gofynnodd efo winc slei, a'n gadael i mewn. Nid bod gen i ddiddordeb o gwbl yn yr Ysgrif, ond roedd ein penola ni ar seti!

Sôn am wres! Cyn amser dechrau, roedd hi fel ffwrnes British Steel, ond Gerallt yn gwamalu fel petai o yn y lle mwyaf cysurus mewn bod. Testun un englyn oedd 'Amser Cau', a rhywun o dîm Ceredigion yn cynnig llinell olaf "Pasio Moi yn peswch mawr". "Gwallus!" meddai'r Meuryn, ac awgrymu beth ddylai o fod wedi'i ddweud gan ei fod wedi defnyddio'r gair 'pasio'.

Pam ydw i'n cael y fath flas ar bethau fel hyn, a heb wybod y gwahaniaeth rhwng cynghanedd lusg a thraed fflat? Ond mae rhyw ias yn mynd trwydda i wrth glywed 'Tyner yw'r lleuad heno' a 'Chwilio heb ei chael hi'. Mi faswn i'n crio ar ddim. Pam?

Wn i ddim beth sy'n corddi Cyril Evans. Dyma fo eto, mewn stêm eisiau gweld y Bòs. Yno y buo fo am dipyn, a beth glywais i wrth iddo ddod o'r ystafell oedd ". . . a rhyfedd fod y Steddfod yn mynd cystal. Dydach *chi* fawr o help i neb." Jiw, jiw, chwedl Trefnydd y De, mae'n rhaid fod y Bòs wedi pechu rhywsut.

Roedd Mair yn agor y llythyrau bore heddiw. "Wel, ar f'engoes i," meddai, "llythyr o Concarneau. Meddyliwch, genod." "Pam felly?" gofynnodd Elsi, "a lle mae'r Konkarno yma?" "Conarnô. Wel, yn Llydaw, siŵr. Mae Wil a'r plant a finnau wedi bod yn Llydaw deirgwaith neu bedair, ond heb fod yn Concarneau o gwbl, ac mi faswn wrth fy modd yn gweld y lle." "Fûm i erioed yn Llydaw," meddai Mair, "dim ond yn Paris." "Ia, howld on, chi'ch dwy," meddwn innau. "Dydw i ddim wedi bod dros y môr o gwbl, dim ond i'r Eil o Man o Landudno pan oeddwn i'n hogan bach. A wyddoch chi lle ydw i'n mynd am wylia 'leni?" "Na, deud lle." "Mae yno fynyddoedd a llynnoedd . . ." "Swistir?" "Na." "Awstria?" "Na. Ac mae yno lawer iawn o Saeson . . ." "O – Ardal y Llynnoedd, Coniston a ballu." "Na eto," a saib er mwyn gwneud y peth yn ddramatig. "Llanberis!" "Ond dydi bod adre ddim yn wyliau," meddai Mair. "O ydi," meddwn innau. "Ac mi ga i fynd i Iwerddon am ddiwrnod efo'r HSS, a mynd i Gaer i siopa . . . mi fydd yn braf cael bod adra, genod bach, a chael tendans ar ôl misoedd o grwydro fel hyn." Wn i ddim beth wnaeth i mi ddweud, chwaith. "Ac mi fydda i'n blino ar y blydi Steddfod weithiau." A disgynnodd distawrwydd ar y gwersyll, fel y dywedodd rhyw fardd yn rhywle.

Ysgwn i fydd hi'n braf erbyn hynny, yn haul cynnes ac awyr

las? Hidiwn i ffeuen â mynd i fyny'r Wyddfa efo'r trên. Dim ond unwaith erioed y bûm i ar ben yr Wyddfa, ac anghofia i byth yr olygfa! Niwl i bob cyfeiriad.

NOS FERCHER

Gobeithio nad ydw i'n mynd yn rhy feirniadol o'r hen Cyril Evans; rhaid imi gofio ei fod o'n Faer y Dre. (Nid fod hynny at ddant pawb.) Dyma fo i mewn i'r Swyddfa'r bore yma a gofyn cyn dŵad drwy'r drws yn iawn, "Lle mae o?" gan blygu'i ben i gyfeiriad drws y Bòs.

"Yn y Cyfarfod Blynyddol," meddwn innau'n ddigon swta, mae arna i ofn. "O! Y Cyfarfod Blynyddol. Pwysig iawn! Wyddoch chi be, bobl, mae'r Eisteddfod Genedlaethol wedi mynd i roi mwy o bwysigrwydd iddi'i hun y naill flwyddyn ar ôl y llall, a does neb y tu allan i Gymru'n gwybod dim amdani. Faint o ohebwyr y *Times* sydd ar y Maes? Neu'r *Mirror* neu'r *Guardian*? Oes yna un – dim ond un – o *Le Figaro* neu'r *New York Times*? Rhyw ŵyl fach blwyfol ydi hi wedi'r cwbl."

"Rhowch gora iddi hi wir, Mr Evans," meddai Deiniol, oedd newydd ddŵad i mewn. "Mae hi'n bwysig i ni – ac wedi bod ers hydoedd. Mae pobl Llundain yn meddwl ei bod hi'n bwysig bod Jac yr Undeb yn chwifio uwchben Buck House. Dydi hynny o dam ots i bobl Paris neu'r Bronx."

Ond doedd dim tewi ar Mr Maer. "Mae'r byd i gyd yn gwybod am Eisteddfod Llangollen," meddai, "rhoi Cymru ar y map. Dŵad â phobl y byd at ei gilydd mewn heddwch. Dyna sy'n cyfri. Cael pobl y byd i fyw'n gytûn."

"Ia," meddai Deiniol wedyn. "Heddwch byw'n gytûn, fel yn Rwanda a Gogledd Iwerddon a Sri Lanka ac Irac. Nid ar Langollen mae'r bai, dydw i ddim yn deud hynny; maen nhw'n gwneud gwaith da, ond faint nes at heddwch ydi'r byd ers hanner canrif? Nid y bobl sy'n dŵad i Langollen sy'n cadw nac yn torri'r heddwch."

Doeddwn i ddim wedi breuddwydio y medrai Deiniol fod mor huawdl. Ond doedd yr araith ddim wedi plesio Mr Maer. "Mi fasa'n iechyd i'r Genedlaethol agor ei drysau i'r byd," meddai, "yn lle llygadrythu ar ei bogail ei hun. Ac mi ddeuda i beth arall. Wela i ddim pam y mae'r Genedlaethol yn cael y fath grantiau mawr a Llangollen dim ond cildwrn bach pitw. Mi ddo i'n ôl pnawn i'w weld o," gan roi clep ar y drws.

Ac Elsi sidêt ddwedodd, "Tybed oes yna botel bach o *Famous Grouse* yn y cwpwrdd? Mi fedrwn i dagu 'nghydwybod a llyncu diferyn."

Wel, os nad oedd hynny'n ddigon i deneuo gras rhywun fel fi. Un o bobl y Swyddfa Ymholiadau yn dod i mewn efo amlen, un o amlenni casglu swyddogol y Steddfod. Dweud wrtho fo am fynd â hi drwodd at y Trysorydd – mi gaiff o ddelio efo'r arian rŵan. Toc, dyma fo'i hun, Ifor Williams, yn dod i chwilio amdanaf. "Pwy roddodd hon i chi, Gwenda?" gofynnodd. Minnau'n egluro. "Darllenwch y llythyr," meddai. Y tu mewn roedd toriad o'r *Western Mail*, llun o Ron Davies drannoeth canlyniad y Cynulliad, a nodyn ar bapur glas, mewn llythrennau bras: 'If you can guarantee that there are no Plaid members in the Eisteddfod, perhaps I will consider making a donation.' Wel am ben bach! Dyna'r tro cyntaf imi wybod fod Ron Davies yn aelod o'r Blaid.

Cyngerdd y plant heno, a'r pafiliwn, fel y gellid disgwyl, dan ei sang. Pob Dad a Mam ac Anti Bess drwy'r fro wedi dod i weld Joni bach a Jini bach yn perfformio. Chwarae teg iddyn nhw. Efallai y bydda innau'r un fath rhyw ddiwrnod. Pwy a ŵyr?

Prun bynnag, rhyw ddeng munud cyn amser dechrau, pan oedd hi ar ei phrysuraf efo pobl yn dŵad i mewn, dyma ddyn ifanc ffrwcslyd yn dod at Ddrws D efo potel fach yn ei law, a honno'n hanner llawn o dabledi o ryw fath. Roedd o allan o wynt ac wedi cynhyrfu'n lân. "Mam wedi anghofio'r rhain," meddai, "a rhaid iddi eu cymryd bob dwyawr – at ei chalon . . . Meddwl y cawn i fynd â nhw iddi hi yn Bloc C." "Be 'di rhif y sêt?" gofynnodd y stiward, ond doedd o ddim yn cofio'n iawn. "Mi fydda i'n siŵr o'i ffeindio hi," meddai. Roedd John Parry, un o'r Arolygwyr, yn sefyll yn ymyl ac wedi clywed y sgwrs. Roedd John wedi bod yn dditectif cyn ymddeol, ac yn gweld ymhellach na'r stiward. "Mi ddo i efo chi," meddai wrth y dyn ifanc. "Mi chwiliwn ni amdani ein dau, ac mi gewch chithau fynd allan cyn cau'r drysau." A dyna'r dwytha a welwyd o'r botel a'r dyn ifanc!

Cael cyfle i fynd i'r disgo heno, ond mi ddois oddi yno ymhell cyn gorffen. Iawn i'r bobl ifanc (clywch fi, nain) ond mae'n rhaid i *mi* weithio fory. Ond sôn am fwynhau! Roedd Janice yno efo'r diweddaraf, rhywun o'r enw Arwel, ac un gwerth sbio arno oedd o hefyd. Ac mi roedd Morfudd yno efo Awenna a Nerys, a rhyw foi yn trio cael ei big i mewn efo Nerys, ond dim yn tycio. "Pwy ydi hwnna?" gofynnais iddi hi. "O, y gath gafodd hyd iddo fo yn rhywle, a doedd hi mo'i isio fo." Mi welais Deiniol hefyd, ond dim ond gair neu ddau ges i efo fo. Roedd o efo rhyw hogan o Ben Llŷn, fel y cefais wybod wedyn. "Hei," meddai Awenna, "hwnna ydi'r hync sy'n gweithio yn y Swyddfa? Oes gin ti le i mi am awr?" Actio'n ddifater wnes i.

Ond mi ddaeth ataf yn ddiweddarach. "Ga i brynu rhywbeth i ti?" "O diolch, Hanner o siandi, ta." "Wyt ti am aros tan y diwedd?" gofynnodd ymhen sbel. "Nag dw. Rydw i'n cael pàs adra efo Morfudd a'r genod. Mae arna i ofn [roeddwn yn ei feddwl o hefyd] fod yn rhaid imi fynd rŵan. Maen nhw'n disgwyl amdana i." A wel! Fel 'na mae pethau weithiau.

Syndod. Hanner yr wythnos wedi mynd yn barod.

Diwrnod y Dagrau Hiraeth – hynny ydi, Cymru a'r Byd. Pobol o bob man dan haul, yn enwedig o 'God's Own Country', ond mi fyddan yn canu, gorau medran nhw, "... Rwyf am dro ar dir fy ngwlad".

Mae'n bosib fod rhyw nifer ohonyn nhw wedi mudo o Gymru i chwilio am well bywyd, ac yn teimlo'n falch o gael bod yma unwaith eto ... "Unwaith eto ..." Ond mae llawer o'r rhai y bûm i'n siarad efo nhw yn estron hollol, a heb ddeall Cymru o gwbl. Sgwrsio efo gŵr o Ontario, Canada. Ei fam wedi mudo o Sir Feirionnydd yn 1912 (Arswyd! Cyn y Rhyfel Mawr!), a'i broblem o oedd tybed a fyddem yn canu "God Save ..." yn Saesneg, gan na fedrai ganu os mai yn Gymraeg yr oedd hi i fod. Minnau'n egluro nad oedd dim isio iddo fo boeni – doedd y gân honno ddim ar y rhaglen o gwbl. Syndod mawr. "My Mother thought very highly of the Royal Family," meddai. Ond mae llawer o ddŵr wedi llifo i lawr afon Tryweryn oddi ar y dyddiau hynny, 'ngwas i.

Ond efo Albert y cefais i'r hwyl mwyaf. Mae o'n 79 oed, meddai, ac yn dŵad o Melbourne, a'i Gymraeg o'n syndod o dda o ystyried na fu erioed yma o'r blaen. Yn dotio at y wlad a'r croeso. Wedi bod yng Nghaernarfon am wythnos cyn dŵad i'r Steddfod. "Aros efo Mrs Arthur Hughes a'r teulu. Pobl neis iawn. Ydach chi'n eu nabod nhw?" Mae'n wir bod Cymru'n llai nag Awstralia, ond ... Roedd o wedi bod yn poeni, meddai, rhag ofn na fedrai ddod i Gymru am fod "fy cys'n i wedi bod yn wael iawn. Fel brawd a chwaer, fy cys'n Alice a fi. Ond mi farwodd mis June. Ofn garw iddi farw yn August." Hen wryn bach hoffus trwy'r cwbl.

Roedd Deiniol yn dadlau bod ochr bositif i'r Seremoni (mae 'positif' yn air mawr ganddo fo.) "A be ydi hynny?" gofynnais. "Fel hyn y mae hi, yntê?" meddai. "Rydan ni'n cwyno nad ydi pobl eraill, Saeson a thramorwyr, yn gwybod dim amdanon ni, a dyma gyfle i chwythu'r utgorn. Tasen ni'n gwneud y gorau o'r cyfle, yntê? A phwy a ŵyr na fasa rhywun yn ddigon dwl i gynnig B & B i chdi neu fi yn Vancouver neu Auckland neu Trelew?"

"Chdi *neu* fi" ddeudodd o, yntê?

Doeddwn i ddim wedi sylweddoli o'r blaen bod Elsi mor barod i danio. Gwen Davies ddaeth i mewn "am baned" medda hi, gan fod ei thraed hi'n brifo. Tipyn o gês ydi Gwen, ond hen ben hefyd. Wel, fasa hi ddim yn bennaeth daearyddiaeth yn Ysgol Bryn Difyr fel arall, yn na fasa?

Roedd hi wedi bod yn stiwardio rhagbrawf y tenoriaid dan 25 ddoe, ac wedi cael modd i fyw. "Lleisiau bendigedig, genod bach. Does 'run ohonoch chi'n ddigon hen i gofio David Lloyd, ond mae yma un arall tebyg iddo fo ar y ffordd. Siŵr i chi. Ac os na chaiff Esmor y wobr gynta, mi fyta i'r tipyn beirniad 'na efo wy a chips."

Toc, gofynnodd Mair iddi oedd ganddi ragbrawf arall. "Oes, yn dýl. A siawns na chawn ni ddigon o hwyl. Dawnsio disgo dan 15."

"Disgo, wir!" ebychodd Elsi. "Wn i ar wyneb y ddaear pam mae'n rhaid rhoi peth o'r fath mewn STEDDFOD o bob dim. Fasa waeth rhoi cystadleuaeth swigio cwrw mewn Cyfarfod Misol, ddim."

"Sut gwyddost ti nad oes yna?" gofynnodd Gwen.

A dyma finnau'n ddiniwed yn gofyn, "Be sy'n bod ar ddisgo?"

"Be sy'n bod? Be ydi o ond neidio ac ysgwyd i ryw rythmau cyntefig fel pobol y jyngl." "Hei, hold on. Hilyddiaeth ac ati." Gwen yn smalio dicter.

Ond ymlaen â hi. "Ia, dyna ydi o, rhyw ymateb cyntefig i guriadau drwm, ac is-lais rhywiol dan y cwbl . . . Does dim diwylliant Cymraeg na Chymreig yn perthyn i'r peth o gwbl, dydi o ddim yn rhan o draddodiad Cymru."

"Rhoswch chi, Miss Elsi Huws," meddai Gwen. "Finnau

newydd fod yn canmol y tenoriaid. Be oedden nhw'n ganu? Mi ddeuda i. Darn o waith dyn o'r enw Verdi, *Celesta Aida*. Un o'r Eidal oedd o, medden nhw. Mi wn i eu bod nhw'n canu trosiad Cymraeg, ond er hynny . . ."

"Mae canu fel 'na'n wahanol," meddai Elsi, "ac mae dysgu gwaith fel yna yn rhoi diwylliant i rywun. Dydw i ddim yn deud bod yn rhaid cyfyngu popeth i draddodiad beirdd yr uchelwyr. Mae'n gamp dysgu unawd fel honna, a mwy fyth o gamp ei chanu hi. A phrun bynnag, rydan ni wedi arfer canu pethau o'r cyfandir – meddyliwch am y *Messiah, Elijah* a phetha. Ond be mae neb yn ddysgu wrth brancio i ddawnsio disgo? Tasan nhw'n gwisgo crwyn yn lle *glitter* mi fasan yn gartrefol iawn mewn coedwig."

Doedd neb wedi sylwi ar y Bòs yn pwyso yn erbyn cabinet ac yn cael andros o hwyl, siŵr gen i. "Mi fedra i weld pwynt Elsi," meddai, "ac mae tipyn o sens yn be mae hi'n ddeud. Ond dyma'r cwestiwn, yntê: Ydi beth bynnag rydan ni'n fenthyca o lefydd eraill yn helpu'n diwylliant ni'n hunain? Os ydi o, pam ei wrthod? Gwenda?" Dew, fedrwn i ddim ateb cwestiwn fel'na, os oedd o'n disgwyl i mi wneud. Mynd yn ei flaen ddaru o. "Roedd Theatr Gwynedd yn perfformio *Tŷ Dol* Ibsen neithiwr ac mi glywais i'r bore 'ma fod y gynulleidfa wedi codi fel un gŵr ar y diwedd i gymeradwyo." A Gwen yn rhoi'r het ar bethau. "Ac nid un o Sir Fôn oedd Ibsen, meddai Mam. Wel genod, dyna chi wedi gwrando ar lais doethineb. Gweinyddwr yn ei fri/Yn siarad sens y sy. Be 'di testun y Gadair y flwyddyn nesa, deudwch? Ond rhaid sgrialu am y disgo. Wyt ti'n dŵad, Elsi?"

Chwarae teg iddi hithau, chwerthin ddaru hi a chynnig paned i'r Bòs.

Roeddwn i'n cerdded at y car ar ôl y cyngerdd heno efo Deiniol, a digwydd sôn am Ddadl y Disgo. "Wel, mae pobl yn cymryd diddordeb mewn petha felly," meddai, "a waeth inni wynebu hynny na pheidio. Mae rhoi cystadleuaeth iddyn nhw yn eu denu nhw i'r Steddfod, yn dydi? Ac unwaith yn y rhwyd, efallai y byddan nhw'n cystadlu ar Gerdd Dant y flwyddyn nesa."

Roedd hi reit dywyll erbyn hynny, a bu ond y dim i mi faglu – mae'r cae mor anwastad – ond mi gydiodd Deiniol yn fy mraich i. Wrth ddreifio adra, roeddwn yn dal i deimlo'i fysedd o'n llosgi dan fy mhenelin. Mae llosg yn deimlad braf weithiau!

NOS WENER

Mae hi wedi bod yn wythnos well na'r disgwyl o ran tywydd, yn braf heb fod yn rhy boeth. Ond dyma hi heddiw – glaw, glaw trwm, a phawb efo ambarél a chotiau glaw. Diwrnod yr Orsedd hefyd.

Clywais y bu tipyn o gwyno yn yr Orsedd y bore 'ma am fod y cyfarfod yn yr Ysgol yn lle bod yn y Cylch. Wrth gwrs, doedd dim digon o le i bawb, a degau'n cael cam am nad oedd lle blaen iddyn nhw. Ond nid ar yr Arwyddfardd a'r Archdderwydd yr oedd y bai ei bod hi'n bwrw, ac nid peth bach ydi gorfod newid trefniadau ar y funud olaf. A genod bach y Ddawns Flodau yn gwneud dim ond sefyll yno fel tiwlips mewn border. Nid fod gen i lawer i ddweud wrth y Ddawns, mae rhywun yn blino gweld yr un peth o hyd ac o hyd. Pitïo dros y pethau bach ydw i.

Does fawr o bost yn cyrraedd y Swyddfa erbyn hyn, ond daeth llythyr eitha diddorol y bore 'ma. Rhywbeth fel hyn:

At y Trefnydd. Annwyl Gyfaill,
Bendith y nefoedd arnoch, gyfaill annwyl, peidiwch â gadael i Gyflwynydd y Teledu gladdu beirniadaeth yr Awdl fel y gwnaed â Beirniadaeth y Bryddest.
Cofion caredig
Hen gyfaill.

"Mi fetia i swllt," meddai Mair, "mai pregethwr wedi ymddeol sgwennodd hwnna, a'i fod yntau wedi cystadlu ar y bryddest."

Roedd Elsi'n cytuno, ac â'r farn bod pobl y teledu a'r radio, meddai hi, yn rhy barod i siarad ar draws pethau.

Mae'n siŵr fod pobl ar y Maes wedi bod yn dyfalu i bwy yr oedd heddiw am fod yn Ddiwrnod Bythgofiadwy a chael mynd a'r Gadair adre efo fo/hi (dyna'r ffordd 'gywir' o roi'r peth heddiw). Cadair wych ydi hi hefyd, derw o rhyw stad yn Llŷn, a Deiniol yn dweud ei fod o'n gwybod yn iawn amdani, bod yno goed "cannoedd o flynyddoedd oed" medda fo.

Ar y monitor yn y Swyddfa yr oeddwn i'n gwylio'r Seremoni, ac Idris Reynolds yn codi i roi'r feirniadaeth ar ran y tri beirniad. Taclus iawn, heb ormod o fanylu dibwrpas. Yna, "Wel dyna'r ymgeiswyr," meddai, "dim ond saith eleni, a hynny'n siomedig, braidd. Ond, Hybarch Archdderwydd, er mai 'Ffynnon Risial' yw bardd gorau'r gystadleuaeth, ofnaf na welaf fod neb yn teilyngu'r Gadair eleni, a dyna hefyd farn fy nghydfeirniaid." Ac wedi saib fechan annifyr, y gynulleidfa yn curo dwylo'n foneddigaidd.

Welais i ddim rhagor gan i'r Bòs alw arnaf. "Gwenda, ewch â chopi o'r *Cyfansoddiadau* i'r BBC; maen nhw newydd ffonio i ofyn oes modd cael un arall."

Ffwrdd â fi ar draws y Maes a rhoi'r llyfr i'r porthor, a sefyll am eiliad i weld Huw Llew efo'i raglen arferol ar y patio (patio dan do!); roedd yntau, mae'n siŵr, wedi gobeithio cael sgwrs efo Bardd y Gadair. Ar y pryd, roedd o'n siarad efo Mei Mac ac yntau'n sôn am ei brofiadau pan alwyd ei enw ac yntau'n codi, ei hunan bach, yn y tywyllwch cyn i'r llafn o olau dywallt arno fo. Dynes ganol oed yn sefyll yn fy ymyl, a gofyn i mi, "Pwy ydi'r boi yna?" Minnau'n egluro, a dweud mai fo enillodd y Gadair yn Llanelwedd, 1993. "O," meddai, "a dydyn nhw ddim am roi cadair i neb eleni. Rhag cwilydd iddyn nhw, a'r holl bobl yna wedi talu'n ddrud am gael dŵad i mewn." "Felna mae petha," meddwn innau a throi ar fy sawdl. Roedd gen i bethau eraill ar fy meddwl.

Jest cyn cinio oedd hi pan ddaeth Deiniol drwodd, ac wedi siarad am y peth yma a'r peth arall, meddai "Mae hi'n noson grêt yn y Welfare heno, yn ôl yr hogia. Dafydd Iwan, Eden a'r band newydd yna, Tyff Racs. Noson grêt." "O, felly," meddwn, "dydw i ddim wedi bod mewn fawr ddim." "Fyddi di ddim yn mynd i ambell sesh?" gofynnodd. "Byddaf. Dibynnu." "Beth am ddŵad efo fi heno?" meddai. Mi ddigwyddodd fy meiro syrthio ar lawr a bu'n rhaid i mi blygu i'w chodi cyn ateb.

Oedd, roedd hi'n noson grêt. Roedd Eden yn dda hefyd.

NOS SADWRN

A dim ond wythnos yn ôl roeddwn i'n meddwl mod i am gael wythnos hir, hir, a dyma hi bron ar ben cyn inni droi. Erbyn hyn mae llawer wedi cychwyn am adre, a mwy o bobl y cyffiniau ar y Maes heddiw. Yn eu plith, Euryn Evans; nid fy mod i isio'i weld chwaith, ond bu'n rhaid imi sgwrsio rhyw fymryn efo fo. Roedd o'n iawn am noson neu ddwy, ers talwm, ond dwylo tebyg i ddefaid William Morgan oedd ganddo fo.

Mae hi wedi arafu yn y Swyddfa erbyn hyn, popeth bron ar ben, a finnau'n cael cyfle i sgwennu hwn cyn i gyfarfod yr hwyr ddechrau. Gobeithio y ca i beth ohono, yr unig dro imi gael eistedd yn y Pafiliwn (pam ydan ni'n dal i ddweud 'pafiliwn'?) Nid y bydda i yno tan y diwadd, chwaith. Mae Deiniol wedi trefnu bwrdd i ddau yn y Llew Aur ar gyfer naw o'r gloch.

Mi wyddwn i fod rhywbeth yn corddi Cyril Evans, mae o wedi bod fel hyena rhwystredig drwy'r wythnos. Mi aeth i ben y caets bore 'ma. Roedd y Bòs yn rhoi llythyr i Mair pan ddaeth o i mewn. "Ga i air efo chi?" heb gymryd sylw o neb na dim. "Mi fydda i efo chi rŵan." Roedd y Bòs reit cŵl, felly, a gorffen y llythyr, a'r ddau wedyn yn mynd i'w stafell o. Roedden ni'n clywed lleisiau'n codi a chodi, ond yn deall yr un gair. "Dos i roi dy glust wrth y drws," meddwn i wrth Elsi. "Dim ffiars o beryg," atebodd, "be tasa fo'n agor yn sydyn?" "Mi wn i be," meddai Mair. "Gwenda, dos di â dwy baned o de iddyn nhw fel tasa dim wedi digwydd. Dyna 'nei di." Doedd hi ddim ond newydd orffen siarad pan agorodd y drws a Cyril yn tywallt allan fel lli Awst trwy gwter, gan roi clep ysgytwol wrth iddo wneud ei *exit* nes bod y lle'n crynu. Pawb ohonom wrth ein gwaith yn selog. Toc, dyma'r Bòs allan o'i swyddfa. "Mi fydda i yn Stafell y Cyngor os bydd rhywun yn holi amdana i," meddai a ffwrdd â fo. 'Sgwn i be sy ar droed?

Diwrnod diflas o ran tywydd, efo glaw mân a hwnnw'n gwlychu, ond mi gododd tua dau o'r gloch ac erbyn pedwar roedd yr haul yn grasboeth a phobl yn crwydro'r Maes fel plant wedi'u gollwng yn rhydd ddiwedd tymor.

Daeth Inspector Pugh i mewn toc wedi pump (fo sy'n gofalu am y plismyn ar y Maes). "Wel, dyna lanast," meddai, "a hithau'n ddiwrnod dwytha hefyd." Pawb yn holi beth. Mae'n debyg bod 11 o ddynion wedi bod efo'r Heddlu, pob un yn cwyno iddyn nhw golli waled o boced eu siaced. "Y cwbl yn dod atom ni rhwng tri a phedwar," meddai, "a dyna sy'n rhyfedd, stori pob un yn debyg – rhywbeth yn gyffredin ynddyn nhw i gyd." Oedi am funud cyn mynd ymlaen.

"Beth? Wel, roedd pob un wedi bod yn prynu rhywbeth i'w fwyta yn y stondin fwyd. Dyna un peth. Peth arall, pawb yn talu efo arian papur o'i waled. Eto fyth, pob un yn digwydd bod yn sefyll mewn ciw – rhai i'r Theatr Fach, rhai i Babell y Cymdeithasau, a rhai, wel, i le mwy preifat!" a chwerthin.

Elsi'n holi. "Ond be ddigwyddodd?"

"Tra oedden nhw yn y ciw, bachgen tua 12 oed yn digwydd

bwmpio yn eu herbyn ac yn ymddiheuro'n foneddigaidd iawn – yn Saesneg. Rhyfedd, yntê?"

Ond doedd Elsi ddim yn fodlon. "Ie, ond be *ddigwyddodd?*"

"Hen dric," meddai Mr Pugh. "Giang. Un yn bwmpio i mewn i chi i dynnu eich sylw. Yr ail yn rhoi ei law yn eich poced a phasio'r waled i'r trydydd rhag ofn iddo fo gael ei gyhuddo. Hwnnw'n diflannu."

Pawb yn rhyfeddu at glyfrwch y tric, ond Mr Pugh yn dweud ei fod yn sicr o'u dal nhw. "Mater arall fydd cael y pres yn ôl," ychwanegodd.

Roedd gen innau gwestiwn. "Faint o bres gawson nhw, tybed?" Yr Inspector yn ysgwyd ei ben. "Does gen i ddim syniad. Ond yn ôl yr hyn ddywedodd y dynion, ddim ymhell o £1000."

Whiw! Mil o bunnau! Ac ar y pryd, ninnau'n ddiniwed yn mwynhau te a sgons 'pen tymor'.

Ar ôl y stori yna mi fydda i reit falch o gael rhywun i 'nanfon i at y car heno!

NOS SUL

Wn i ddim pa bryd yr es i i 'ngwely neithiwr! Trwy drugaredd, roedd Mrs Thomas yn hwyr yn dod adre hefyd – wedi aros yn y Pafiliwn tan yr eiliad olaf un. "Piti na fasach chi wedi clywed y David Ellis," meddai. "Dyna leisiau sy gan y cantorion yma." "Mi glywais i'r soprano a'r tenor," meddwn. "Pwy aeth â hi yn y diwedd, Mrs Thomas?" "Wel y gontralto, yntê. Bendigedig! Fedra i ddim cofio'i henw hi'n llawn; Dorothy oedd hi'n cael ei galw, un o ochr y Drenewydd yn ôl a glywais. Noson werth chweil!"

Noson werth chweil gefais innau hefyd. Ond roedd hi'n wych cael cysgu'n hwyr y bore yma hefyd, a Mrs Thomas yn gadael imi aros yn y cae gwyn tan ganol bore. Wedi deffro, ro'n i'n mynd dros ddigwyddiadau neithiwr yn fy meddwl.

93

Yn enwedig swper yn y Llew Aur a mynd am dro i'r mynydd cyn troi am adre. Cawsom gysgod craig i fod allan o'r awel; honno braidd yn denau erbyn hynny, a gweddillion yr hen leuad yn hongian fel pliciad croen oren yn yr awyr.

Y Gymanfa Ganu heno yn llwyddiant mawr – fel bob amser. (Welodd rhywun un heb fod felly?) Yn arferol, bydd y Côr yn canu rhyw emyn-dôn newydd, un a fu'n fuddugol yn y gystadleuaeth cyfansoddi tôn, ond eleni doedd Gareth Glyn ddim yn teimlo y medrai wobrwyo unrhyw un o'r 17 ymgais. Piti hynny. Ond mi gawsom wledd er hynny, gan i'r Côr ganu'r 'Amen' o'r *Messiah*, a hynny nes codi gwallt dyn moel.

Elsi'n meddwl tybed ydan ni, fel Cymry, yn rhy barod i glodfori'n pethau'n hunain a bod yn ddibris o weithiau'r gwir feistri. Dydw i ddim yn ddigon o 'sglaig i fedru ateb cwestiwn fel yna. Nac yn ddigon dideimlad i'w hatgoffa o'i dadl efo Gwen ddydd Iau.

Bu'n rhaid inni fynd i mewn pnawn yma – yn ein dillad gwaith, *jeans and all*. Trio clirio a phacio ychydig i fod yn barod at yfory a'r mudo yn ôl i'r Swyddfa yn y Stryd Fawr. Chwith gweld y cwbl yn dod i ben, rhywsut, ond dyna sy'n digwydd bob blwyddyn; i ni, yma, bob yn ail, wrth gwrs. A chyn bo hir pacio drachefn i fynd i swyddfa newydd a thref ddieithr.

Ond cyn hynny, braf fydd cael gwyliau, ymlacio, diogi, dadweindio. Dim ond ychydig ddyddiau eto, a Helô, Llanbêr! a Helô, HSS. *Dau* docyn i Dun Laoghaire, os gwelwch yn dda.

A dwi wedi gaddo mynd i weld harddwch Dyffryn Nanhoron hefyd!

* * *

Gwobrwywyd yr ysgrif hon yn y Gystadleuaeth "Dyddiadur dychmygol dros wythnos yr Eisteddfod" yn Eisteddfod Genedlaethol Bro Ogwr 1998.

Y CORTYN BEINDAR

"I feddwl iddi adael babi bach mis oed ym môn clawdd. Pam, tybed?"

"Peidiwch â mwydro'ch pen, Mam bach. Mae'r cwbl mor bell yn ôl, rŵan – cant a hanner o flynyddoedd yn ôl."

Peth newydd oedd iddi boeni am bethau na fedrai wneud dim ynglŷn â nhw, ac roedd yn edifar gen i mod i wedi darllen y llyfr iddi o gwbl.

"Mi ddywedai llawer mai anfadwaith oedd y peth." Aeth yn ôl eto at yr un pwnc. "Ond pwy a ŵyr, yntê? Efallai mai damwain oedd y cwbl. Wyt ti'n siŵr nad stori wneud ydi hi?"

"Na, mae o'n ddigwyddiad gwirioneddol. Mae Eigra wedi gneud gwaith ymchwil trwyadl i hanesion fel hyn, lle mae 'na ddial. Dyna pam y galwodd y llyfr yn *Llygad am Lygad*. Dyna ichi egwyddor foesol, yntê?"

"O'r Beibl y daw o, Emrys."

Falle wir, meddyliais. Ond ydi popeth sydd yn y Beibl yn egwyddorol? Popeth?

Edrychais arni yn gorwedd yn y gwely, a'i gwallt cyn wynned â'r gobennydd. I ble yr aeth yr egni a'r nerth? Ond roedd y llygaid duon mor dreiddgar ag erioed.

Ymhen ychydig, meddai, "Os oedd hi'n mynd â'r babi i Langïan i'w fagu, pam aeth hi i Drefor?"

"Fedar neb ond dyfalu. Mae rhyw awgrym ei bod hi'n chwilio am y tad; plentyn siawns oedd y babi, ac roedd hynny'n warth yn yr oes honno."

"Mae o'n warth heddiw, hefyd!"

Roedd y sgwrs yn mynd braidd yn ddiflas i mi. Mwy na diflas; poenus. Fel briw yn cronni.

Yn ôl â hi drachefn at hanes Mary Jones. "Rhyfedd na fasa rhywun wedi gweld y babi, hefyd. Neu ei glywed yn crio."

"Mewn cae oedd o, nid ar fin y ffordd. Ac erbyn i ryw forwyn 'i weld o, roedd o wedi marw; dyna pam y cafwyd Mary yn euog o ddynladdiad a'i dedfrydu i gael ei thransportio am oes i Awstralia bell."

"Y wlad bell. Wyddai neb yn fanno beth oedd hi'n guddio y tu mewn iddi. Ond fe wyddai hi. Fe wyddai hi – fel pawb arall yr un fath â hi."

"Mi fydd Nyrs Ceinwen yma ymhen rhyw awr. Mi gadawa i chi rŵan, ichi gael trio cysgu tipyn, ac mi g'nesa i gawl ichi wedyn."

"Cawl be 'di o?"

"Y cawl cyw iâr wnaeth Margiad Pen-bont i chi."

"O ia, mae hwnnw'n reit dda. Mi gymra i fymryn bach wedyn."

Yn y gegin, wth baratoi tamaid o swper i mi fy hun, âi ei geiriau o gwmpas fy mhen fel ceffylau bach y ffair. "Pawb arall yr un fath â hi." Roeddwn i'n cofio rhywbeth nad oeddwn i erioed wedi ei anghofio . . . erioed wedi'i anghofio. Byth oddi ar y diwrnod hwnnw yn Fform Two. Y pethau hynny'n gliriach i mi na'r hyn ddigwyddodd ddoe. Ond soniais i'r un gair wrth neb, neb o gwbl, ar ôl i bethau dawelu.

Huw Bryn Engan ddechreuodd y cwbl, fy nghefnder i fy hun. Roedden ni'n dau yn dipyn o lawiau, er ei fod o'n medru bod yn giaidd ei dafod. Rhyw falais ynddo fo weithiau. Ond fedrwn i ddim maddau iddo fo am beth ddwedodd o y pnawn hwnnw. Ddim o gwbl.

Ychydig cyn y Nadolig oedd hi, a phawb yn sôn am y Gwylia. Fawr o flas ar waith, yn enwedig efo Parry Beiól. Mi gafodd ei alw o'r Rŵm am ryw reswm. "Read Chapter 7," meddai, "while I'm out. Pages 94 and 95. I'll be asking some awkward questions when I come back."

A Huw'n hanner codi yn ei ddesg ar ôl i Pâr gau'r drws. "Glywsoch chi'r hen Beiól yn trio 'sbonio petha? Fel tasa ni ddim yn gwybod! Ac mi fedra i ddeud mwy. Dyna i chi Em, yn fa'ma. Gorfod priodi ddaru Yncl Owen ac Anti Dora am fod Em ar y ffordd. Wedi bod yn blant drwg yn llofft stabal." A ha-ha fawr. Ond neb arall yn chwerthin.

Mi es i amdano fo, ond gafaelodd Wmffri'r Foel yn fy nghôt o'r tu ôl. "Dim fa'ma, Em," meddai, "rhywbryd eto. Ac mi ddo i efo chdi iddo fo gael clec iawn."

"Mi geith o glec," meddwn innau. "Mi geith o dalu. Talu'n iawn hefyd."

A'r peth nesaf oedd llais Meirwen yr Hafod. Meirwen o bawb, yr hogan ddistawa yn y dosbarth, os nad yn yr ysgol i gyd. Hen hogan iawn oedd Meirwen! "Hen sglyfath wyt ti, Huw Bryn Engan," meddai ar dop ei llais, "ddim ffit i gael dy daflu ar doman dail wlyb." A phawb yn ddistaw am eiliad, nes i rywun ddechrau piffian chwerthin, a phawb wedyn yn rhowlio. Pawb ond Meirwen a fi. Nid chwerthin smaldod; mwy fel sbring yn gollwng.

Mi ddaeth Parry'n ôl ar ganol yr halibalŵ, a chlywed y rhialtwch i gyd, ac mi aeth hynny â'i feddwl oddi ar Chapter 7, diolch byth.

Roedd yr hyn ddwedodd Huw ar fy meddwl i drwy'r pnawn, ac ar ôl i mi fynd adre o ran hynny. Oedd yr hyn ddwedodd o am Nhad a Mam yn wir, tybed?

Pan ddaeth cyfle i gael Mam ar ei phen ei hun, dyma fentro holi'n gynnil. "Bobol bach, pwy ddeudodd y fath rwdl? Paid â gwrando ar hen straeon gwirion fel'na. 'Tasa rhywun yn deud fod gen i lygad croes, fasat ti'n eu coelio nhw?"

"Na faswn, siŵr iawn."

"Wel, pam mae'n rhaid iti goelio petha gwirion eraill?"

Teimlo rhyw ryddhad mawr yn golchi drosof. "O Mam! Dwi'n falch," a rhoi clamp o gusan iddi. "Ond pam y deudodd Huw'r fath beth?"

"Huw ddeudodd? Rêl ei daid!" meddai, heb ychwanegu mwy na hynny.

Roedd natur felly ynddi hi – byth yn dweud mwy nag oedd raid; cadw pethau iddi'i hun. Chefais inna ddim gwybod mwy am daid Huw. Wedyn y meddyliais i – pa daid? Roedd ganddo ddau, ac un yn daid i minnau hefyd!

Mi es i'n fwy penderfynol o dalu'n ôl iddo fo am athrod mor frwnt, a dechrau clandro beth allwn i ei wneud, fel yr oeddwn wedi'i fygwth mor fyrbwyll.

Nid Rhagfyr ydi'r amser gorau o'r flwyddyn i mi, rŵan na'r pryd hynny. Ond mi welwn un fantais – mae'n tywyllu'n gynnar. A dyma feddwl, beth pe buasai criw ohonom yn 'mosod arno fo wrth iddo fynd i fyny'r lôn drol am Bryn Engan? Ond na. Os talu'n ôl, roedd yn rhaid i mi fy hun wneud hynny.

Nid brolio yr ydw i (does dim diben i neb frolio iddo fo'i hun, wedi'r cwbl!) ond roeddwn i gyda'r gorau yn yr ysgol am wneud naid hir, ac mi wyddwn bod ar Huw wenwyn i mi, yn ysu am fy nghuro. O'r gorau, mi rown i her iddo fo. Ond roedd yn rhaid cael mwy na dim ond naid hir. Beth? O dipyn i beth, dyma'i gweld hi. Naid hir a neidio dros rywbeth arall hefyd. Ac mi wyddwn lle i wneud hynny; yr union fan, ar y "Gwastad" fel y byddem yn galw'r lle, hanner ffordd i fyny Allt Clogwyn. Lle gweddol unig, gwastad, a dwy goeden jacan ychydig droedfeddi oddi wrth ei gilydd. Y tu draw iddyn nhw, lle'r oedd craig yn torri'r wyneb, yr oedd pwll o ddŵr budr a slafen gwyrdd ar ei wyneb. I'r dim! Neidio dros hwnnw a chortyn hefyd a Huw'n baglu ar y cortyn a mynd ar ei ben i'r pwll, a mynd adre'n wlyb diferol, yn drewi o bell.

Gwawriodd y cynllun. Cortyn o goeden i goeden, a rhwng dau olau ar ddiwedd pnawn o Ragfyr, prin y gwelai neb o.

Roedd rhywbeth digri yn y cwbl wrth gofio am Meirwen a'i thomen dail.

Y peth nesaf oedd gwerthu'r her i Huw. Yn annisgwyl, fe lyncodd yr abwyd yn barotach nag oeddwn i wedi'i ragweld.

Dim smic o'r llofft. Efallai ei bod hi'n cysgu; gobeithio wir, druan ohoni. Mi a' i i fyny toc.

"O'r gora, ta. Ar ôl rysgol pnawn Gwenar."

Y bore hwnnw, dyma fi'n cychwyn o'r tŷ yn gynt nag arfer.

"I ble'r ei di ar gymaint o frys?" Mam yn holi.

"Isio rhoi llyfra allan i Mr Davies," a diflannu cyn cael rhagor o gwestiynau. Ond i Allt Clogwyn yr es i, a digon o gortyn beindar yn fy mag ysgol. Ei rwymo rhwng y ddwy goeden a gweddïo na fyddai neb yn mynd ar gyfyl y lle cyn diwedd y pnawn.

Hir yw pob ymaros, ond daeth y diwrnod i ben, ac i ffwrdd a ni'n dau am Allt Clogwyn. "Mi a' i gynta," meddwn i.

"Na, fi sy'n mynd gynta," meddai Huw, yn union fel yr oeddwn wedi'i ddisgwyl. "A chofia, y gora o dri sy'n cyfri." Tynnu'i gôt a'i rhoi ar ei fag ysgol ar lawr, cyn camu'n ôl ddwylath neu dair i godi sbîd.

Mae rhyw siffrwd yn dod o'r llofft. Ia, gwell mynd yno. "Ydi popeth yn iawn yma?"

"Estyn y gwydryn yna i mi gael llymad bach; mae 'ngheg i fel nyth cath . . . Ydi hi braidd yn boeth yma, tybed?"

"Wel, hwyrach ei bod hi. Mi adawa i'r drws yn gil-agorad."

Wel ia, Huw. Welodd o mo'r cortyn. Ond yn lle mynd ar ei fflat i'r pwll dŵr, dyma glec wrth i'w ben daro'r graig. Doedd dim rhaid imi fynd ato fo; mi wyddwn. Cychwyn rhedeg; troi'n ôl i ddatod y cortyn a'i stwffio i mewn i fy mag; mi gawn gyfle i'w guddio fo yn nes ymlaen. Yna mynd i lawr at y lôn ac wedi'i chyrraedd hi, crio a nadu dros y wlad.

Rhedeg am adra bob cam. Heibio Cae Ffynnon a Ty'n Ffridd; heibio pen lôn Bryn Engan, na welai Huw mohoni byth eto. Wrth gyrraedd Terfyn Terrace, Dafydd Robaits yn dŵad o'r tŷ efo'r ci. "Brensiach y bratia, Emrys bach, be sy'n bod arnat ti?"

"Huw," meddwn innau'n gryg, "Huw Bryn Engan wedi . . . wedi marw ar Allt Clogwyn!"

"Be wyt ti'n ddeud? Wyt ti'n siŵr? Be ddigwyddodd?" Wn i ddim oedd o'n disgwyl ateb. "Baglu . . . taro'i ben," rhwng ebychiadau o grio.

Gafaelodd yn fy mraich, "Tyd i'r tŷ, ngwas i." Troi at Mrs Roberts, "Janet, rho ddiod o de reit gry a digon o siwgr ynddo fo, i'r hogyn 'ma a dos â fo adra wedyn," cyn troi at Alun y mab, oedd yn gweithio yn y Fforestri. "Tyd efo fi i Allt Clogwyn, a chwilia am blancad neu ddwy, rhag ofn."

Dyna ochenaid o'r llofft eto. Mae'n rhaid wrth glust go denau i glywed, weithiau, ond mae o'n dŵad i mi yn reddfol, rhywsut. "Be sy? Ydi o'n boenus?"

"Poenus? Diar annwyl mae o'n brathu. Ofnadwy. Pam na ddaw'r doctor â rhywbeth? Tasa'r hen Ddoctor Ellis yn fyw . . ."

"Chwarae teg, mae Dr Hughes yn gwneud ei orau. Rŵan, tabled arall, fel y deudodd o. Mi fydd yn siŵr o fod o help."

"I be? I be? Dydi'r rhain ddim cyn gryfed â'r lleill; ddim yn agos cystal. Roedd y lleill yn gweithio'n well o lawer. O wel, waeth imi 'i chymryd hi, ddim."

Wedi imi gyrraedd adre pnawn hwnnw, roedd Mam mewn gwewyr ofnadwy wrth glywed am Huw, ac eisiau mynd i Fryn Engan ar unwaith i weld ei chwaer, Anti Catrin. "Wn i ddim pa gysur fedra i roi iddi chwaith," meddai, "ond o leia, mi fydda i efo hi. Mae gwaed yn tynnu at waed bob amser."

Dechreuodd Nhad ddweud y drefn am rywbeth, ond doeddwn i ddim yn deall am beth. "Bydd ddistaw, Owen," meddai Mam, "weli di ddim fod yr hogyn mewn sioc?"

"Mae o i weld yn ddigon digyffro i mi," meddai yntau.

"Mae sioc yn gneud pobl yn ddigyffro. Yn eu syfrdanu nhw." Mam yn dal danaf.

Dweud wedyn bod yn rhaid imi fynd efo hi. Dyna pryd y dechreuais i fulo, strancio, mynd i sterig, bron. "Gwranda di arna i, y llanc," meddai Nhad, "os ydi dy fam isio iti fynd efo hi, mi ei ditha. Tra byddi di dan fy nghronglwyd i, mi gei ufuddhau. A chitha hefyd," wrth Robin a Lowri, oedd yn fud gan ddychryn. Bychan oedden nhw.

Aeth Mam i chwilio am ei chôt. "Dos ditha i newid y trywsus budr 'na," meddai, "a hwda, dos â dy fag ysgol efo chdi, lle bod o'n flêr o gwmpas y lle 'ma. Stwffia fo o'r golwg i rywle, wir."

Cerdded efo hi yn y tywyllwch distaw. "Does arna i ddim isio mynd," meddwn unwaith yn rhagor. "Hwyrach wir, ond gwell iti weld Anti Catrin heno a thorri'r garw. Rhaid iti'i gweld hi un o'r dyddiau nesa 'ma. Gora po gynta."

Wedi cyrraedd Bryn Engan y torrodd y sioc arnaf yn ei arswyd i gyd, ac Anti Catrin yn gafael yn dynn amdanaf. "Emrys bach. Ond toeddach chi'ch dau yn gymaint o ffrindia."

Doedd Huw ddim yno! A fydd o byth eto chwaith. Aeth y cwbl yn niwl, a fedra i hyd heddiw gofio un dim am y noson.

Arhosodd Mam a finnau dros nos. Wedi cyrraedd adre drannoeth, roedd sioc arall yn fy nisgwyl; dau blismon yn y gegin efo Nhad. "Isio dy holi di, Emrys, i ddeud beth yn union ddigwyddodd." Holi a holi; yn ddigon clên a charedig, mewn ffordd, a minnau'n dweud gorau y gallwn i; sôn am yr helynt yn y dosbarth, hyd yn oed. Ond dim gair am y cortyn.

Bu bron i gwestiwn y plismon ifanc fy llorio. "Emrys, ar be ddaru Huw faglu? Mi fuom ni yno cyn dŵad yma, a methu gweld dim allasai fod wedi achosi hynny. Mae'r lle i'w weld yn hollol wastad a glân."

Beth allwn i eu wneud ond haeru anwybodaeth?

Y cwest oedd y peth ofnadwy. Fues i erioed mewn lle o'r fath o'r blaen, a rhaid cyfaddef, roedd gen i ofn. Gorfod ateb cwestiynau a gwrando ar y plismyn yn deud pethau nad oeddwn yn eu deall. Holi Dafydd Robaits ac Alun. Ymhen hir a hwyr, pasio ddaru nhw fod Huw wedi marw "trwy anffawd".

Dydd Llun wedi'r c'nebrwng, mi es yn ôl i'r ysgol. Dydw i ddim yn meddwl fy mod i wedi sylweddoli hynny ar y pryd, ond roedd Mam fel rhyw "angel gwarcheidiol" trwy'r adeg.

"Rhaid iti fynd i'r ysgol fory," meddai hi y nos Sul honno. "Paid â phoeni. Mi fydd y plant yn dallt mai damwain oedd hi. Damwain, yntê ngwas i?" A sbio drwy ffenest y gegin, er nad oedd dim anarferol i'w weld.

Ac mi roedd pawb reit glên. Yr athrawon hefyd. Ond doeddwn i ddim yn gwneud unrhyw beth amser chwarae, dim ond sefyll a sbio ar y lleill, a rhai yn dŵad i siarad efo fi bob hyn a hyn. Doedd gen i ddim pleser i gicio pêl na dim. Ddaeth Meirwen ddim y dydd Llun hwnnw. Ddaeth hi ddim dydd Mawrth, chwaith. Ond mi ddaeth ddydd Mercher.

"Wyt ti'n teimlo'n well, Em?"

"Ydw. Ond bod rhywbeth yn dal i frifo tu mewn, rhywsut."

"O, mi eith," meddai hithau; "mae Mam yn deud mai ffisig da ydi Amser. Piti am Huw; ond mi ddeudist y basa ti'n gneud iddo fo dalu, yn do?"

Mi aeth wedyn.

Mi deimlais fy nhu mewn yn mynd yn oer, oer a methu cael fy ngwynt. Dyna beth oedd ofn! Gwaeth na'r plismyn; gwaeth na'r cwest, hyd yn oed.

Dyna rywbeth yn disgyn yn y llofft eto. "Be sy'n digwydd yma?" Y jwg dŵr-oer ar lawr, rhwng y gwely a'r bwrdd bach. Diolch nad oedd llawer o ddŵr ar ôl.

"Isio llymaid bach . . . wedi cynhyrfu wrth gofio . . . y stori yn y llyfr . . . Mary Jones, yntê?" a'r llais yn cilio'n wan i rywle.

"Mi a' i i nôl rhagor o ddŵr, ac mi stedda i yma am dipyn."

Tynnu cadair at erchwyn y gwely ac edrych arni. Edrych yn hir, a'r llygaid wedi cau. Diar, mae'r wyneb wedi curio, a rhyw liw fel cŵyr gwyn ar y croen. Hithau wedi bod mor iach; ac mor addfwyn bob amser.

Toc, "Mary Jones . . . cael ei hun mewn trap, rhywsut . . ."

"Dim ots amdani hi rŵan. Breuddwydio oeddech chi, mae'n siŵr. Does dim achos cynhyrfu, mae popeth yn iawn."

Mae rhyw ddwyster rhyfedd yn y llygaid wrth iddi syllu arnaf. Geiriau'n dod i 'nghof; wedi eu darllen neu eu clywed yn rhywle. Rhyw bechadur yn crefu ar George Fox, y Crynwr, "Turn your eyes away!"

"Cofio'r noson honno . . . pan gafodd Huw dy gefnder . . . pan gafodd o . . . pan gafodd o 'i ladd." Distawrwydd poenus, poenus. Yr union air yr oeddwn i a phawb arall wedi ei osgoi. "A chofio gweld mymryn o gortyn . . . cortyn beindar . . . yn gwthio allan o dy fag ysgol di. Deud wrthat ti am fynd â fo o'r golwg. Mi losgais i'r cortyn cyn mynd i ngwely."

Gwaed yn tynnu at waed. A minnau'n gwybod dim.

* * *

Addasiad o Stori Fer a wobrwywyd yn Eisteddfod Genedlaethol Llanelli a'r Cylch, 2000.

YN Y STAFELL FROWN

Eisteddai Lowri ar y gadair galed. Roedd popeth yn y stafell yn frown, meddyliodd; y leino ar y llawr, y dodrefn, y drysau a fframiau'r ffenestri. Hyd yn oed y waliau wedi eu paentio'n felyn-frown mewn rhyw oes. "Digon i godi'r felan ar angel," meddyliodd, a chwerthin yn ddistaw wrth fwynhau ei jôc fach ei hun.

Hen ogla; ogla stêl. Neb wedi agor ffenest er pan daniwyd y Woodbine ddwytha un yma.

Eisteddai'r ddynes ar gadair arall yn ymyl y drws gan edrych ar bapur newydd rŵan ac yn y man, cyn ei roi ar gadair wrth ei hochr ac estyn ffurflenni o'i ffeil a'u hastudio am dipyn. Dyna dybiai Lowri, er na wyddai – ac ni faliai – beth oedd y papurau.

Daeth rhywun â llond mŵg o de iddi, ond nid oedd wrth ei bodd. Hoffai hi gael ei the yn boeth a heb ei foddi gan ormod o lefrith. Gorau yn y byd os oedd o mewn cwpan tsieni. Ond da cael diod, hefyd, a cheg rhywun yn grimp fel nyth morgrug. Daliai'r mŵg rhwng ei dwy law a sipian llymaid bob hyn a hyn, ei llygaid yn crwydro dros y waliau moel, heb na llun na chloc arnyn nhw. Roedd cloc ar wal y festri ers talwm, i dipian munudau llesg seiat hirwyntog tuag at wyth o'r gloch. Faint oedd hi o'r gloch, tybed?

Toc, meddai, "Maen nhw'n hir iawn."

"Hir yw pob ymaros," oedd sylw cwta'r Ddynes, a daeth y geiriau â'i thad yn ôl i feddwl Lowri.

"Pan oedd o," meddyliodd yn ddireswm. Nid ei fod o'n bell o'i meddwl y dyddiau hyn chwaith. Dyna oedd ei ddywediad beunyddiol, bron. "Hir yw pob ymaros." Y cinio heb fod yn barod; hithau'n oedi wrth nôl y gwartheg i'w godro – wedi gweld rhywbeth ofnadwy o ddiddorol yn y gwrych; neu Anti Blod yn chwilio am ei menig wrth iddyn nhw gychwyn i'r capel. "Hir yw pob . . ." Cyfeiliant cyson i'w phlentyndod.

Pa mor hir fydd tragwyddoldeb, tybed? Fydd pobol yn aros yn oddefol-amyneddgar yno hefyd?

Doedd dim amheuaeth nad oedd marwolaeth ei mam wedi effeithio'n fawr ar ei thad, a hithau'n sylweddoli hynny fwyfwy wrth fynd yn hŷn. Enynnai hynny ryw deimlad o garedigrwydd tuag ato; tosturi, hyd yn oed, ar adegau.

Ond anaml y soniai Ifan Hughes am ei wraig, a phan wnâi deuai tynerwch dieithr i'w lais, a chrafai hwnnw ar glustiau Lowri. Ni chofiai hi ei mam, wrth gwrs; dim ond diwrnod neu ddau o'i chwmni a gafodd. Anti Blodwen ddaeth i gadw tŷ i'w brawd gweddw; Anti Blod garedig, ddeddfol fu'n gefn i'r eneth fach ym mhob storm blentynnaidd. "Mae'ch brawd wedi bod yn deud y drefn wrtha i am ddim byd." "Wyt ti'n siŵr na wnest ti ddim drwg?" "Naddo-i, wir-yr." "Hidia befo. Dos i nôl y fasged bach. Mi awn ni i hel mwyar duon." "I swpar?" "Ia, os ca i amser i neud teisan blât."

Daeth hynny â swper neithiwr i'w meddwl. Fishcakes! Chware teg, roedd blas pysgodyn o ryw fath arnyn nhw, ond O! O! am gael blasu eto bysgod Anti Blod, yn enwedig y mecryll ddechrau haf. Alun y gwas wedi bod allan yn ei gwch y noson cynt, efallai, a hanner dwsin o fecryll gloywon yn ymddangos yng nghegin Bryn Hebog fore trannoeth. "Tipyn o swper i chi," meddai wrth eu rhoi i Anti Blod, a hithau'n mynd ati i'w glanhau a'u paratoi.

Roedd Lowri tua deg oed, fe dybiai, pan ofynnodd, "Ga i agor un rŵan?"

"O'r gora," oedd yr ateb petrus, "ond cymer bwyll efo'r gyllell yna; nid petha i chwarae efo nhw ydi cyllyll." Dangosodd iddi sut i agor bol y pysgodyn, "a thorri yn ymyl ei wddw – 'tasa gynno fo wddw!" a'r ddwy yn chwerthin dros bob man. Aildeimlai Lowri rŵan y wefr bleserus a'i cerddodd wrth i'r gyllell lithro drwy gnawd y pysgodyn, a hithau'n tynnu'r perfedd a golchi'r pysgodyn mewn dŵr a halen.

Caeodd ei llygaid i geisio arogli unwaith eto y badell ffrio ar y tân. Ond nid yn y badell honno yr oedd swper neithiwr!

Rhoddodd y mŵg te ar y llawr, er na fuasai byth dragwyddol wedi gwneud hynny adre; roedd Anti Blod wedi dysgu gwell iddi. Ond lle arall, gofynnodd iddi ei hun, y gellid ei roi o? Roedd hi wedi yfed y cwbl i gyd rhag i unrhyw weddill golli a gwlychu'r llawr, fel y digwyddodd unwaith i Mrs Davies, Tŷ'r Ysgol, yn y Sioe flynyddol yn y Neuadd. Wrth feddwl am y Sioe, cofiodd amdani'i hun yn cael swllt cyfan yn ail wobr am wneud "Anifail allan o lysiau," ac yn cerdded adre efo'i thad a Robert Lewis. Wrth iddynt ei adael wrth giât Rose Hill rhoddodd Robert Lewis geiniog arall iddi, "At y wobr, yntê? Wyddost ti beth, Ifan?" a throi at ei thad, "mae Lowri 'ma'n mynd yn debycach i'w mam bob dydd. Yr un llygaid yn union."

"Ddaw hi byth i sgidia Laura," oedd yr ateb swta. Beth bynnag a feddyliai Robert Lewis o'r sylw annisgwyl, ni chymerodd Lowri fawr o sylw ohono. Roedd ganddi rywbeth pwysicach ar ei meddwl: bore Llun. Dyna pryd yr oedd hi i fynd i'r Ysgol Fawr yn y dre am y tro cyntaf, a'r lle, yn ôl rhai o'r plant, yn llawn o athrawon atgas, Saeson pob un. A byddai'n rhaid iddi wynebu cannoedd o blant dieithr. Na, doedd hi ddim yn edrych ymlaen o gwbl.

Ar ôl te, aeth at yr hen goeden gelyn wrth adwy Lloc y Defaid. Roedd yno le braf i eistedd dan y goeden, allan o olwg pawb; lle i feddwl a breuddwydio a darllen – unrhyw beth, o'r *Beano* i un o lyfrau T. Llew Jones, *Yr Ergyd Farwol*, hwyrach; a gallai ddweud ambell gŵyn wrth y goeden a gwybod y byddai'r gyfrinach yn ddiogel. "A dydw i ddim isio mynd," meddai'n bendant. Daeth chwa o wynt i ysgwyd mymryn ar y dail mewn dealltwriaeth.

Do, fe gofiodd heddiw am y sgwrs honno efo Robert Lewis, cofio'r geiriau a'r oslef hefyd. "Ddaw hi byth . . . BYTH . . ." Adlais o'r isymwybod wedi rhagor na deugain mlynedd.

* * *

Craffodd eto ar y Ddynes. Roedd hi'n ei hatgoffa o rywun, ond ni allai gofio pwy. Mae'n siŵr ei bod hi wedi darllen pob un gair yn y papur newydd erbyn hyn, ond daliai i edrych arno a sgrifennu rhywbeth bob hyn a hyn efo'i beiro. Rhyfedd! Yna sylweddolodd Lowri mai gwneud croesair yr oedd hi. Hoffai hithau wneud posau o'r fath, ond wfftiai at gliwiau diddychymyg fel "Blodyn (pum llythyren)". Twt, twt. Roedd cliw i fod yn gliw i wneud ichi feddwl, pwyso a mesur, fel ditectif yn ymchwilio i achos o lofruddiaeth, dyweder.

Yna cofiodd. Yr hen Ma Grump yn llyfrgell y Coleg. Honno y byddai'r myfyrwyr yn tynnu arni er mwyn ei gweld yn gwylltio. Ie, yr un wyneb sarrug.

O do, mwynhaodd ei chyfnod yn y Coleg, ac er peth syndod iddi ei hun cafodd sgrifennu adre un diwrnod – "Wedi graddio! Be feddyliwch chi o hynny? Efo Anrhydedd hefyd! Caf eich gweld wythnos i fory . . ."

Daeth llythyr gyda'r troad oddi wrth Anti Blod yn ei llongyfarch a chyd-lawenhau, cyn rhoi pwt bach am hwn a'r llall o'r ardal. Yna, "O.N. Mae dy dad yn dy longyfarch hefyd. B."

Diwrnod gwlyb a diflas oedd hi pan ddisgynnodd Lowri o'r bws ar ben lôn Bryn Hebog. Rhoddodd ei chês dan yr hen lwyfan caniau llaeth rhag gorfod ei lusgo'r holl ffordd at y tŷ trwy'r glaw. Efallai yr âi Alun i'w nôl o yn nes ymlaen. Roedd yn haws gofyn iddo fo.

Erbyn bore Sul roedd hi'n haf go-iawn, a'r haul yn gynnes ar ei chefn wrth gerdded i'r capel. Dafydd Elis, Felin Isa, oedd yn llywyddu, ac ar ôl y cyhoeddiadau, meddai, "A rydan ni'n falch o gael llongyfarch Lowri Bryn Hebog ar gael ei graddio tua'r Coleg 'na. Da iawn chdi, Lowri..." Roedd enw da i Dafydd Elis am fagu stoc. Efallai ei fod yn fwy cyfarwydd â byd y mart na byd addysg!

A chofiai fel y daeth pobol ati i ysgwyd llaw. Ond cofiai hefyd iddi glywed darn o sgwrs rhwng ei thad a rhywun ... "a Dafydd y Felin yn brygowtha fel tasa neb wedi pasio dim o'r blaen." Pylodd yr haul, beth.

*   *   *

Doedd un dim i'w weld drwy wydr pŵl rhan isaf y ffenest. Gwelai Lowri fymryn o awyr uwchben to'r adeilad gyferbyn, a dim arall. Felly yr oedd hi yn yr ysgol yn Wolverhampton hefyd. Ysgol fawr henffasiwn, o oes Victoria, a thros 1400 o blant o bob lliw a llun yno. Bu saith mlynedd yn amser hir i fod mewn lle felly, ond. eto cafodd lawer o fwynhad, er gwaethaf yr hiraeth a ddeuai'n ddirybudd weithiau. Beth bynnag oedd defnydd yr hiraeth hwnnw, teimlai hithau'n aml ei fod yn falm i'r galon.

Ac un bore daeth llythyr a newidiodd bethau. Llamodd ei chalon wrth ddarllen bod yr Awdurdod Addysg yn cadarnhau ei phenodiad fel prifathrawes Ysgol Bro Coetmor – ei hen ysgol hi ei hun! Cododd ei hysbryd o'r eiliad honno, a hyd yn oed yn y stafell frown hon bu'n rhaid chwerthin yn uchel wrth gofio'r wefr.

Wrth gwrs ei bod hi'n falch o gael mynd adre a dod yn rhan o'i hen gymdeithas a'i chynefin eto. Ond roedd cyfle iddi fod o help i Anti Blodwen, hefyd. Roedd hi wedi sylwi unwaith neu ddwy, pan oedd adre ar wyliau, bod ei modryb wedi arafu, ei cherddediad yn fwy ... pwyllog, a'i bod yn barotach nag y bu i eistedd i lawr. Byddai pâr arall o ddwylo yn fanteisiol ym Mryn Hebog.

Ond dyn a'n helpo, roedd hi'n fwll yn y stafell yma! Buasai agor ffenest yn fendithiol, ond doedd dim modd gwneud. Gwell fyth fuasai cael mynd am dro at lan yr afon neu i fyny i'r ffridd.

Dechreuodd hel meddyliau a syrthiodd ei gên ar ei brest. Ymhen ychydig, tybiodd ei bod yn clywed lleisiau plant yn gweiddi a chwerthin amser chwarae, a llais Owen John, mab y cigydd, yn uwch na'r un. Gwnaeth hynny iddi feddwl am y Parti Cydadrodd. Ie, y Parti. Gwyddai, wrth reswm, bod ugeiniau o bartïon wedi eu ffurfio dros y blynyddoedd, ond iddi hi, dim un parti oedd – Parti Ysgol Bro Coetmor.

Dychmygai eu gweld, deuddeg o grymffastiau 'tebol, yn dysgu'r darn gosod ar gyfer Eisteddfod yr Urdd. "Guto Benfelyn" oedd o y flwyddyn honno, a dysgodd nhw i lefaru'n glir a sionc. "Mae Mr Hooson wedi rhoi sigl i'r geiriau," meddai, a gor-wneud rhywfaint ar y llinellau cyntaf fel eglurhad. "A siaradwch efo'r rhes gefn. Bydd pawb yn eich clywed, felly." Do, gweithiodd yn galed efo nhw.

Yr un y cafodd fwyaf o drafferth efo fo oedd Owen John. Byth yn siŵr o'i eiriau ac yn tueddu i wamalu er mwyn cael y lleill i chwerthin. "Dau gariad oeddan nhw, Miss?" gofynnodd, a'i gwrychyn piwritanaidd hithau'n codi. "Paid â siarad mor wirion. Cefnder a ch'nither oeddan nhw, siŵr iawn."

Bu bron iddi ei hel o'r parti unwaith, ond gwyddai y byddai hi'n brin o fwy nag un, wedyn, a rhaid oedd cael deuddeg; dyna'r rheol, dyna'r drefn. Deuddeg.

Yn fwy na dim ceisiodd eu cael i ymdeimlo â hwyl y plant wrth iddyn nhw godi'r castell tywod – "A diwrnod i'w gofio oedd hwnnw i Guto/ A Gwenno o Dyddyn-y-gwynt". Byddai ymdeimlad felly yn codi'r adroddiad uwchlaw'r cyffredin. Chwarae teg i'r bechgyn, cafodd ymateb da, fe gofiai.

Ac yna daeth y llanw. Ceisiodd roi tipyn o ddrama yn y cwympo:

"A'r tonnau a ruodd, a'r castell a gwympodd,
A'r llanw a ruthrodd yn gynt,

ac mi fasech yn disgwyl iddyn nhw grio," meddai. "Ond . . .

. . . chwerthin a chwerthin wnaeth Guto Benfelyn
A Gwenno o Dyddyn-y-gwynt."

Meddyliodd am egluro bod castell pawb mewn perygl o chwalu, ond sylweddolodd eu bod yn rhy ifanc i ddal ar gyfoeth athroniaeth o'r fath.

Amheuai a wyddai'r Ddynes ddim am Guto a Gwenno nac am orchest parti Ysgol Bro Coetmor yn Eisteddfod Genedlaethol yr Urdd yn . . . ie, yn lle? Rhuthun? Wrecsam? Yr Wyddgrug? Dim ots rŵan; rhywle y ffordd yna. Y peth pwysig oedd mai ei pharti hi oedd y gorau drwy Gymru gyfan! A phan gyrhaeddodd adre, roedd hi'n medru dweud hynny wrth i Anti Blod ofyn "Sut aeth pethau?" "Wel llongyfarchiadau mawr. Rwyt ti wedi bod yn reit ulw o ddygn efo nhw," a rhoi clamp o gusan i'w nith fuddugoliaethus. "Dwyt ti ddim yn cytuno, Ifan?" gofynnodd.

"O ia, ydw. Ydi swper yn barod bellach, Blodwen?"

Unwaith eto teimlai Lowri y dagrau yn ei llygaid wrth feddwl am y peth. Beichiodd grio a gweiddi, "Dyna'r cwbl sydd gynnoch chi i ddeud? Eich merch chi'ch hun . . . a . . . a . . . a'r cwbl 'da chi'n meddwl amdano ydi'ch bol."

Gafaelodd Anti Blodwen yn dynn ynddi hi. "Dyna ni . . . dyna ni rŵan. Straen yn deud. Rwyt ti wedi gneud yn ardderchog. Paned o de rŵan."

Ond roedd y pigyn yno. Roedd o yno yn gwenwyno'i henaid.

*   *   *

Daeth merch ifanc i mewn a bu hi a'r Ddynes yn siarad am ychydig gan sisial yn isel. Taflodd y ferch gipolwg at Lowri unwaith ond ni ddywedodd air wrthi, ac ni ddeallodd hithau ddim o'r sgwrs, ar wahân i "ym mha ddosbarth", beth bynnag oedd ystyr hynny.

Dyna fyddai ei phroblem hithau ar ddechrau tymor. Plant mewn dosbarth anaddas o ran oedran neu o ran gallu, hwyrach. Barnai mai dydd Gwener oedd y diwrnod i symud plentyn. Ie, dydd Gwener.

"Pa ddiwrnod ydi hi heddiw?" gofynnodd toc.

"Dydd Mawrth, pam?" atebodd y Ddynes.

"Dim ond meddwl."

Nos Fawrth, wrth reswm, oedd noson y Dosbarth WEA a hithau'n aelod selog ers blynyddoedd. Gobeithio y byddai popeth drosodd mewn pryd iddi gael mynd yno heno, a galw am Nesta ar ei ffordd, fel arfer.

Bu Anti Blod yn mynd efo hi ar un adeg ond roedd hi wedi rhoi'r gorau i fynychu ers rhai tymhorau. "Ddim yn teimlo fel codi allan fin nos, wyddost ti."

"Ond rydach chi'n cael dŵad efo fi yn y car."

"Mi wn i . . . ond . . ." A bu'n rhaid bodloni â'r drefn. Mae hynny'n rhan o fywyd, efallai.

Wrh edrych yn ôl, gwelai Lowri'r arwyddion yn gliriach; yr arafu, y diffyg egni, y cryndod cynyddol yn y dwylo. Diolch byth ei bod hi wedi cartrefu mor hapus yn Hafan yr Hwyr. Âi Lowri yno i'w gweld yn bur aml a mynd â thamaid blasus efo hi, ond fyddai ei modryb byth yn holi ei hanes rŵan. Byth yn gofyn "Sut mae'r ysgol?" neu "Be sy gen ti ar y gweill?" Rhyfedd.

Yn wahanol i'w chwaer, fu Ifan Hughes erioed yn mynychu'r Dosbarth, a rŵan roedd yn anfoddog ei fod yn cael ei adael ar ei ben ei hun ar nos Fawrth. "Ia, ia, dos di. Dos di ar bob cyfri. Dim ots mod i yma fel adyn ar domen ludw."

Cau'r drws a mynd fyddai Lowri. Does dim byd caletach na chalon feddal sydd wedi'i chlwyfo.

Bu bron iddi ofyn i'r Ddynes a wyddai hi pa bryd y byddai pethau drosodd, ond ni wnaeth. Gobeithiai na fyddai'n rhy hwyr i alw am Nesta, fel y noson ofnadwy honno ddwy flynedd yn ôl. Ond Nesta'n gofyn ar y ffordd adre, yn ôl ei harfer, "Ddoi di am baned?" Wrth iddi yfed ei the a bwyta bara brith Nesta, Huw yn gofyn yn gellweirus, "Pa bryd mae'r mudo?"

"Mudo?"

"Ia. Clywad fod dy dad wedi prynu byngalo Capten Powell."

"O, hwnnw? Ddim am sbel." Wyddai hi ddim beth arall i'w ddweud.

Cododd yn fuan wedyn, ac wrth ei danfon at y car, rhoddodd Nesta ei llaw ar ei hysgwydd. "Wyddet ti ddim, na wyddet?" Roedd ei llais yn llawn gofid a chydymdeimlad, ond fedrai Lowri wneud dim ond ysgwyd ei phen.

Erbyn iddi gyrraedd y tŷ roedd rhyw gythraul wedi codi ynddi. Aeth yn syth i'r parlwr bach. "Pam na fasech chi'n deud wrtha i? Gadael mi glywed trwy hap gan bobl eraill."

"Be sy'n dy gorddi di, neno'r tad?"

"Corddi? Clywed eich bod chi wedi prynu byngalo Capten Powell. Ydach chi'n meddwl mynd o Bryn Hebog 'ma? A doedd gynnoch chi mo'r . . . mo'r cwrteisi, heb sôn am deimlad, i ddeud wrth eich merch ei bod hi'n gorfod mudo."

"Siawns nad oes gen i hawl i wneud fel fynno i efo nghartra fy hun, heb ymgynghori efo neb arall."

"Mae o'n digwydd bod yn gartra i minnau."

"Digwydd bod . . . yn byw yma yr wyt ti."

Anti Blod annwyl, fuo chitha hefyd yn dioddef yn ddistaw? Gawsoch chi hi'n anodd ymatal?

* * *

Diwrnod mudo ddaeth – y diwrnod mwyaf ingol yn hanes Lowri hyd yma. Y diwrnod cynt aethai o gwmpas y terfynau i gyd gan deimlo fel rhyw warchodwr o'r Oesoedd Canol yn cerdded y muriau cyn i'r castell gwympo. Dywedodd ffarwél wrth bob adwy a gwrych; ymddiheurodd wrth bob beudy a stabal a sgubor am nad oedd a wnelo hi ddim â'r trefniadau i droi cefn arnynt. Oedodd yn hir wrth y gelynnen ger Lloc y Defaid heb ddweud dim; dim ond edrych i fyny i'r brigau a'u dail pigog. Yna rhoddodd ei llaw ar y rhisgl am eiliad cyn troi a cherdded i ffwrdd.

Buan iawn y blinodd ar bobol yn dweud pa mor hwylus oedd y byngalo, a'i fod "yn ddigon o ryfeddod", oherwydd canfu o fewn ychydig amser mai lle oer oedd o, er y gwres canolog. Oer, heb sgwrs nac agosatrwydd na chwerthiniad, ac roedd Lowri wedi credu erioed bod chwerthin yn olew ar olwynion bywyd.

"Oes arnoch chi isio'ch slipars?"

"Oes." Distawrwydd. "Be 'di'r pwdin 'ma?"

"Pwdin fala."

"Pwdin fala wyt ti'n ei alw fo?" Distawrwydd.

"Ydach chi am weld *News at Ten*?"

"Rydw i am fynd i 'ngwely." Distawrwydd.

Aeth Ffair Pentymor heibio, a llithrodd y Nadolig yn Basg. Yn y man treiglodd yr haf yn hydref, hydref digynhaeaf a heb ddefaid i ddod i lawr.

Aeth blwyddyn arall yn rhan o'i gorffennol.

* * *

"Dydd Mawrth ydi heddiw?" gofynnodd Lowri'n betrus.

"Dyna ddwedais i," cyfarthodd y Ddynes.

O, nid dydd Gwener, felly. Ar ddydd Gwener y byddai'n arfer galw yn siop Owen John i gael cig at y Sul. Cofiodd alw y pnawn Gwener hwnnw.

"Meddwl am damaid o gig eidion oeddwn i. Oes gin ti rwbath go lew?"

"Tatws yn dda i ddim heb gig, Miss Hughes. Go lew ddudsoch chi? Y feri peth. Wyddoch chi be 'di hwn? Bustach oedd o – ar gaeau Fron Ola'. Mi ddeuda i hyn – fedar Tesgo ddim gwerthu dim o fewn milltir i hwn, credwch chi fi."

Wrth dorri'r cig, sylwodd ar ei llaw. "Duwcs, be dach chi wedi'i neud? Be 'di'r bandej 'na?"

"Blerwch, Owen John. Golchi llestri neithiwr a llithrodd y gyllell fara wrth fod fy nwylo'n wlyb. Anhwylus yn fwy na dim."

"Ia, debyg iawn. Piti hefyd; roeddwn i wedi meddwl gofyn ichi ddŵad yma i helpu ar y Sadyrna. Ond rhaid imi gael rhywun sy'n medru trin cyllell!"

Yr un Owen John o hyd! Dangosodd y cig iddi, fel artist yn arddangos un o'i luniau. "Neith o'r tro? Mi fydd yn toddi yn eich ceg chi."

"Hyfryd! Bron na fuaswn i'n medru ei fwyta fo fel y mae."

* * *

Ddaeth Lowri ddim i'r capel y Sul canlynol gan fod ei llaw yn dal yn boenus a'r bawd yn plycio'n boeth o dro i dro.

"Pregeth Gristnogol am unwaith," oedd sylw ei thad wrth fynd i newid i ddillad mwy cysurus na'i siwt orau. Edrychodd arni wrth fynd heibio, "Piti na fyddai yno fwy o gynulleidfa i wrando'r genadwri."

"Dowch at y bwrdd," meddai Lowri wedi iddo ddod yn ei ôl. Dechreuodd hithau dorri'r cig ond yn cael trafferth oherwydd yr anaf, a'r gyllell yn llithro a darnio'r cig yn friwsion.

Gwylltiodd Ifan Hughes. "Duw, Duw hogan, fedri di ddim torri tipyn o gig bellach? Rwyt ti fel plentyn teirblwydd yn ei rwygo fo fel'na. Rho'r gyllell yna i mi."

Roedd Lowri'n rhyfeddol o hunanfeddiannol, a'i llais fel llafn dur wrth iddi ofyn, "Isio'r gyllell ydach chi?"

A rhywsut – ni wyddai hi hyd y dydd hwnnw yn y stafell frown sut y digwyddodd y peth – ond rhywsut neidiodd y gyllell o'i gafael, a gwelodd wddw ei thad yn agor fel hollti bol macrell.

* * *

Cododd ei phen o'i dwylo a sythu wrth i ddau ŵr ddod i'r stafell. "Dowch," meddai'r byrraf o'r ddau, "maen nhw'n barod."

Dilynodd Lowri hwnnw i fyny'r grisiau, a'r llall a'r Ddynes yn eu dilyn. Wedi cyrraedd y doc edrychodd Lowri o'i chwmpas. Bron gyferbyn â hi roedd deuddeg o bobl yn eistedd, yn union fel parti cyd-adrodd mewn rhagbrawf. Safodd pawb wrth i'r dyn mewn cot goch ddod i mewn, ac wedi mân siarad cododd un o'r parti ar ei draed. Pam ar wyneb y ddaear na chodai'r lleill hefyd? Dyna'r arfer. Ac un gair a ddywedodd o wedi codi, "Euog." Eisteddodd wedyn.

Roedd y cwbl yn ymddangos yn od o ddigri i Lowri, yn ddoniol tu hwnt, ac ni fedrai ymatal rhag chwerthin a chwerthin a chwerthin . . .